너에게 여름을 ─ 보낸다

윤진서 에세이

차례

여름 찬가

어딘가로 걸어서 간다는 것을 생각할 수는 없는 곳, 혹여 나 무서운 일이 일어난다 하더라도 그 누구도 도와줄 이를 찾을 수 없는, 무기력할 만큼 외딴 곳.

지금 내가 살고 있는 곳이다. 이곳에서 별은 늘 밝게 빛나 지만 하늘을 보지 않는 자 앞에서는 소리소문 없이 사라지 고 만다. 고라니 우는 소리가 멀리서 들려올 뿐 바람말고는 아무것도 없는 깊숙한 숲속 마을에서 벌써 세 번의 겨울을 보냈다. 땅속의 뿌리는 더 깊은 곳으로 뻗어나가며 땅의 온 기를 찾아 향하고, 객이 사라진 제주의 겨울엔 꿈틀대는 거 라곤 오로지 파도밖에는 없다. 영원히 아무것도 없을 것 같은 적막했던 겨울은 횟집의 겨울 방어와 함께 사라지고 온 섬을 뒤덮던 감귤나무의 밀감마저 떨어지면 봄이 시작된다.

시골의 계절은 정확하고 분주하다. 모든 것들이 살아 있음을 알리는 듯, 흙구덩이 속에서 피어나는 새 생명들은 무엇보다도 강력하고도 부드러운 에너지로 얼어 있는 것들을 깨운다. 금세 녹아내린 나는 꽃을 보며 어린아이 같은 소리를 낸다. 하지만 그것도 잠시, 뿌린 것 없이 봄을 맞이할 용기는 내게 없기에 흙을 다지고 꽃을 감상한다는 것이 얼마나 사치인지를 알게 하는 긴 노동의 시간을 보내는 동안 봄은 매정하게 꽃과 함께 떠난다.

초여름의 새벽은 봄의 그것과 별반 다르지 않다. 벌은 꽃을 뺏길 새라 재빠른 날갯짓으로 가장 먼저 아침을 열고 나와 단물을 마시고, 아직 사라지지 않은 안개 사이사이로 종족에게 해가 나왔음을 알린다. 점심이 되면 배고픈 까치는 강아지 밥 앞을 기웃기웃 총총거리고 아는지 모르는지 강아지들은 여지없이 눈을 감고 늘어진다. 해변으로 가는 길의 야자수는 가늘고 긴 몸매를 뽐내며 뜨거운 태양을 견딜 줄

아는 자신을 발광한다. 드디어 여름이 온 것이다. 여름엔 정원에도 잡초를 뽑는 일말고는 내가 해줄 것은 없다. 단지 지쳐가는 풀들이 힘을 내기를 바라는 수밖에.

"여름이라 생각나서 전화해봤어."

오랜만에 친구로부터 연락이 왔다.

"제주도에 살면 심심하지 않니? 보고 싶은데 제주도로 간 후로 볼 수가 없네. 서울엔 언제 와?"

"서울이라면 충분히 살아봤어. 30년을 넘게 살았는걸. 네가 제주로 오지 않을래? 우리 집에 남는 방도 있고 남는 밥도 많아."

그렇게 친구들을 불러 이곳의 지루한 일상을 보여주고 나면 그들은 여지없이 말할 것이다.

"나도 이곳에서 이렇게 살 수 있다면 정말 좋겠다."

그러나 막상 정말로 제주로 오는 이는 아직 없었다.

새벽이면 정원 일을 시작으로 하루가 시작된다. 해가 뜨기 전, 모기가 움직이기 전까지 정원의 잡초를 뽑으며 땅에 새로이 피어나는 풀들을 관찰하고 있노라면 가장 부지런한 벌들이 꿀을 쫓기 시작한다. 벌들이 많은 곳엔 꽃도 많이 피어난다. 완전히 아침이 되면 차를 한잔 타고 책을 읽는다. 언제고 아름다움이 무엇인지 느끼는 시간이다. 새는 지저귀고 나뭇잎은 춤을 추고 태양은 그들을 비춘다.

　나는 강아지들에게 밥을 주고 점심을 준비한다. 남편이 직장을 다니기 시작한 후로 주중 요리는 내 담당, 주말은 남편 담당이 되었다. 점심시간에 맞춰 집으로 온 남편이 식사를 마치고 다시 일터로 나가면 뒷정리를 하고 두어 시간 영화를 보거나 요가를 하거나 책을 읽다 해질녘에 맞춰 선셋 서핑을 나간다. 한여름의 서핑은 일출이나 일몰 한 시간 전쯤이 가장 좋다. 남아 있는 온기로 여전히 따뜻하지만 강렬하게 달궈졌던 모든 것들이 식혀지는 시간. 장을 봐야 한다면 이제 나서야 하고 그렇지 않으면 한 시간 정도는 더 여유가 있지만 매일 같은 하루에 반복적이지 않은 것은 먹을거리뿐이기 때문에 나는 오늘은 무엇을 먹을까 고민에 빠진 채 파도를 기다린다. 정원에 잘 자라고 있는 녀석은 누구인지, 당근, 고추, 토마토, 감자나 허브들의 상태를 기억하며

아, 오늘은 이웃이 주고 간 감자와 브로콜리로 수프를 만들고 베이컨을 살짝 구워 올리자, 라든지 청귤청을 살짝 넣은 성게비빔밥을 해 먹자 같은 생각을 하면 온몸의 에너지가 혀로 모이면서 의욕이 번뜩거린다.

　바다에서 나와 장을 보고, 저녁을 준비해서 먹고, 정리를 하고, 피로를 푸는 스트레칭을 하고 있노라면 언제 같이 나란히 앉아 식사를 했나싶게도 같이 사는 사람의 코 고는 소리가 들려온다. 이렇게 아쉽게 하루가 가버린다. 나는 매일을 같은 하루를 보내면서도 하루가 가는 것이 아까워 정원 일이나, 정원에서 책을 읽는 일, 서핑을 하러 바다로 가는 일 같은 것들을 하루도 멈출 수가 없다. 이런 일상을 살고 싶다고 말한 도시의 친구들 중에 정말로 이곳으로 와 나와 같은 일상을 보내는 친구는 아직 단 한 명도 없다. 아마도 이곳엔 내가 말한 것들말고는 그 무엇도 없기 때문일 것이다.
　어느샌가 너 나 할 것 없이 1년에 한두 번씩은 여행 삼아 오는 곳이 되기도 했으니 제주도는 더이상 조용한 시골 마을이 아닐 수도 있다. 하지만 살다보면 이 섬은 육지와는 정말 먼 곳이구나 절감할 때가 있다. 새벽녘 갑자기 보고 싶어진 누군가에게 가기 위해 밤새도록 운전을 한다 해도 닿을 수 없다거나, 마트에서 장을 보는데 공산품이 육지보다 턱없이 비쌀 때, 그리고 택배비를 항상 두 배로 지급해야 할 때는 역시나 도서산간지역 취급을 받으니 말이다.

그러나 한편으로는 그것들을 온전히 나만의 것으로 만들 수 있다는 사실만으로 말로는 형용하기 어려운 충만함이 들기도 한다. 내가 도시에서 왔기 때문인지 공적인 직업을 가졌기 때문인지는 아직 단언하기 힘들지만, 어쨌거나 아무도 보지 못하고 어디로 흘러갈 것인지 알 수도 없는 삶은 평화롭기 그지없다. 그리고 나만의 자연을 가지게 된 기분은, 가끔 천국은 바로 이런 곳이라고 단정지을 만큼 자유롭다. 해가 뜨면 잔디밭 어딘가에 의자를 가지고 나가 책을 읽다가, 나비를 따라 꽃밭으로 가면 좋은 향내가 나고, 눈을 감고 향내를 맡다보면 어느새 겹쳐지는 바람. 그 시원함에 넋을 잃고 바람이 지나간 길에 한참 얼굴을 들이밀고 있다보면 모든 게 이대로 멈추면 좋겠다는 생각이 든다.

서핑을 하러 가는 길에 비치는 따사로운 태양은 마치 코스타리카, 마치 멕시코, 마치 스페인의 섬 어딘가, 먼 곳 어딘가로 떠나온 것 같은 기분에 젖어들게 한다. 선글라스를 끼고, 창문을 열고, 머리카락이 헝클어지든 아니든 상관없이 숲길을 달려 바다로 나갈 때 코끝에 느껴지는 비릿한 향은 매번 일정한 양의 행복을 선사한다. 내가 이곳에 있다는 안도감과 바다가 내 옆에 있다는 그 말할 수 없는 평온함이 자질구레한 걱정과 불안을 잡아채 거센 바람 속으로 던져버려 바스러뜨린다. 그래서일까, 한여름의 바다는 바다 그 이상이다. 그 '이상'은 불가사리가 되기도 하고 요트가 되기도 무지개가 되기도 하는, 꿈의 향연이 되어 내 마음에 파도로 술렁거린다. 먼 바다 어딘가에서 바람이 불었고 물이 일렁였으며 물들이 서로 모여 우리의 바닷가로 가까워지며 파도가 되었다. 파도는 나를 향해 달려오고 나는 그 속에서 피어나는 꽃이 되기도 한다. 환상의 묘약이다.

파도라는 묘약은, 내게 삶의 즐거움을 찾아주었으며 중요하지 않은 것을 중요시하는 골치 아픔으로부터 마음을 멀어지게 했다. 도시를 떠나 자연 속으로 데리고 와주었고 남편

을 만나게 했으며 아픔이 찾아올 때마다 시들어버린 식물에
게 물을 주듯, 오늘을 당당히 살아가게 한다.

운명처럼
바다를
만났다

뿌르끼스 나타 호이야

큰 파도가 도착한 어느 날, 바다로 갔다. 파도가 깨지지 않는 곳까지 라인업하기 위해 (파도가 더이상 깨지지 않는 지점까지 멀리 나가 서퍼들이 파도를 기다린다) 열심히 파도를 뚫고 전진하려 했지만 잘되지 않았다. 파도에 밀리고 밀려 다시 모래사장으로 던져지기를 수십 번 반복하다가 우연히 만난 이안류▽를 타고 먼 바다로 나가게 되었다. 그곳에서 서핑보드에 앉아 멀고 먼 육지를 바라보았다.

해안 가까이에서는 파도가 모래에 부딪치는 소리나 그 속에 엉켜 있는 서퍼들 그리고 모래사장에서 파도를 바라보는

▽ 매우 빠른 속도로 해안에서 바다 쪽으로 흐르는 좁은 표면 해류. 밀려오는 파도와 바람이 해안에 높은 파도를 이루고, 바다로 되돌아가는 물이 소용돌이치는 현상.

사람들로 둘러싸여 있지만 사람이 잘 보이지도 소리가 들리지도 않는 먼 바다로 오니 가슴이 조급하게 덜컥거렸다. 너무 멀리 온 것이 아닐까, 잘못되기라도 한다면 누군가 나를 발견할 수 있을까, 내가 바다로 들어온 사실을 누가 알긴 알까, 두려움에 떨며 온갖 생각을 다했고 다가오는 파도는 점점 크게 보이기 시작했다. 서핑을 즐기려고 들어왔지만 막상 파도를 잡으려고 하면 무서워 점점 뒤로 물러나기를 반복. 어느덧 나는 육지와 점점 더 멀어지고 있었고 라인업하고도 멀어져 바다는 호수처럼 고요하기만 했다. 그 순간, 멀어진 육지를 바라보았다. 그 모습은 고요하고 아름다웠다. '아, 내가 저곳에서 살고 있구나' 하고 생각을 하니 새삼 나 같은 못난 사람이 저런 자연을 소유하고 있다는 것이 부끄러웠다.

소유라는 단어가 적절할지는 모르겠으나 지금 이 순간, 이 광경을 볼 수 있는 사람이 나 자신밖에 없을 때에는 그렇게 느껴지는 것이, 마치 그 풍경이 나만 아는 모습을 가진 친구 같을 때가 있다. 가끔 누군가가 버리고 간 담배꽁초 하나에 불같이 화를 내게 되는 데에는 아마도 그런 '소유하다'라는 마음이 버젓이 버티고 있기 때문 아닐까.

어찌되었건, 현재 아무도 알지 못하지만 나 혼자 소유하고 있는 이 서귀포시 중문색달해변 앞, 양옆으로 병풍처럼 곧게 뻗어 있는 주상절리의 모습은 장엄한 병사들의 행렬 같았다. 그 앞으로 밀려오는 거센 파도는 성을 내고 있었고 나는 성난 파도 한 켠에 스티로폼으로 만들어진 서핑보드에 의지한 채 작은 물고기들보다도 나약한 모습을 하고 있었다. 문득, 나는 지금 바닷속 작은 물고기보다도 약한 존재이구나, 절감하면서도 어딘가 모르게 희열을 느끼기도 했다. 내가 사라지는 것은 파도에 휩쓸려 단지 바다 아래로 가라앉기만 하면 되는 문제였다. 허나 나는 그러고 싶지 않아 발버둥치며 살아남으려고, 두려워하면서도 거센 파도를 피해 멀리멀리 이곳까지 나왔다. 내가 얼마나 강하게 삶을 원하는지, 살아보려고 애썼는지를 대번에 느끼는 순간이어서, 눈물이 나려고 했다. 주르륵 흐르는 물기의 따뜻함을 느끼며 아, 살아 있다는 것은 가끔 이런 기분을 느낄 수 있는 거구나싶었다. 사람과 언덕에 그림자가 드리우면서 해가 지고 있었고 나는 한없이 우주 속으로 빨려들어갔다.

어째서일까, 내 실력으로 상대하기엔 너무도 큰 파도의 전쟁터에서 떠밀려나온 곳이 한없이 고요해서였을까? 그러고 나서 만난 풍경이 한없이 아름답기 때문이었을까? 아니면 모래가 닿는 해변으로 어떻게 돌아갈지 막막한 두려움에 이상한 곳으로 정신이 빠져버린 걸까?

몸 안을 통과한 것이 분명 있었다. 그것은 분명 정신적인 것이었고 동시에 물컹했는데, '쇼크'나 '충격' 따위의 단어로는 절대 설명할 수 없는 것들임에 분명했다.

왜 갑자기 그런 큰 감정이 찾아왔는지는 모르지만 후로, 자연을 대하는 나의 자세 또한 달라졌다. 자연 앞에서는 표현을 아끼지 않고 환호하며 사랑하게 되었고, 구름이 움직일 때, 날씨가 변화할 때, 바람이 머무를 때, 노을이 질 때, 꽃이 피어날 때, 벌들이 꿀을 모을 때, 개가 꼬리를 흔들며 뛰어다닐 때, 낙엽이 서걱거릴 때, 수많은 아주 작은 순간들을 크게 느끼게 되었다. 그전엔 마취 주사라도 맞은 상태인 듯 아무런 감동을 받지 못했는데 봉사가 눈을 뜨듯이 한꺼번에 보이기 시작했다.

그러니까 나는 그날, 다행히 파도를 하나 잡아타고 무사
히 육지에 도착해, 소리를 질렀던 것이다.

"내가 타본 파도 중에 가장 큰 파도를 탔어. 두 키를 넘었
을지도 몰라. 아…… 어떡하지? 아직도 발이 저려와. 꺄오,
뿌르끼쓰 나타 호이야▽."

▽ 나만의 환호성.

처음 만난 바다

5년 전 어느 여름. 미국 캘리포니아주 산타 바바라에서 자동차를 빌려 남쪽으로 한 시간 남짓 달리다가 어느 바닷가에 앉아 쉬고 있었다. 그때의 내게 바다란, 책을 읽거나 음악을 듣는 곳에 불과했다. 가끔은 태양이 뜨거워 물에 들어가 수영이라도 하려고 하면 발이 닿지 않는 곳이 무서워 얼른 땅을 밟아야 안심이 되곤 했다.

난 그게 싫었다. 발이 땅에 닿지 않을 때의 두려움. 그 때문에 물속에서 생각보다 자주, 갑자기, 이해할 수 없을 만큼의 극심한 공포를 겪어야 했고 나와는 반대로 바다 멀리 헤엄쳐 나가는 사람을 보고 있으면 이상한 경쟁심과 결코 내가 이길 수 없다는 좌절감이 들기도 했다. 그것에 그치지 않고 나를 점점 소극적으로 변화시키더니, 바다에 가면 겨우 발에 바닷물을 적시기만 하고는 수건을 깔고 태양 아래 눕는 게 전부인 나로 만들었다.

그날도 다른 날과 다름없이 태양을 쬐며 한참 신나게 책을 읽어내려갈 즈음, 수염이 덥수룩하고 피부는 까맣게 그을린 한 아저씨가 근처에 와서 자리를 잡더니 어딘가를 향해 연신 카메라 셔터를 눌러댔다. 카메라가 하도 커서 '배우 일을 하면서도 이렇게 큰 렌즈를 단 카메라는 정말 처음 보는군' 정도의 생각을 하며 카메라가 향하는 쪽으로 눈을 돌렸다.

바닷가 한중간, 큰 파도 사이로 사람들이 날아다니고 있었다. 언뜻 스키를 타는 듯 보이기도 했지만 실제로 날아다니는 것이 분명했다.

사람들은 돌고래처럼 물에서 묘기를 부리고, 날치처럼 바다 위로 솟아올랐다. 그제서 제법 많은 사람들이 서핑을 하고 있고 또 그보다 많은 숫자의 사람들이 그들을 지켜보고 있다는 사실을 알아챘다. 많은 이들이 큰 카메라를 가지고 경쟁하듯 셔터를 누르기 바빴을 그때, 나는 운좋게도 난생 처음으로 서핑이란 것을 보게 된 것이다. 아마도 프로 서퍼들이었을 거라 짐작된다. 그리고 그들의 고작 몇 분, 몇 초의 라이딩을 보기 위해 바다에 몇 시간 진을 치고 앉아 기다리고 있는 사진가들을 보고 있자니 마치 촬영장의 스태프들을 연상시켰다. 수많은 관중이 바라보고 있는 쪽으로 눈길을 돌리자, 거대한 파도가 몰려오고 있었다. 엄청난 기대감으로 자아내는 관중들의 함성에 답을 하려는 듯이 서퍼가 뛰어오르며 물이 만들어내는 동그란 관 안으로 빨리듯 들어갔다. 관중은 탄성을 지르고 관 안으로 사라진 서퍼는 몸을 말면서 부서지는 거품보다 빨리 달려 관을 가르는 동시에 거대한 물 스프레이를 뿌려 무지개를 만들고는 다시 물속으로 가뭇없이 사라졌다. 순간 벙벙했다. 내가 지금 무엇을 보았단 말인가. 바다 위에 덩그러니 비현실적으로 남겨진 무지개만이 지금 지나간 것들이 현실임을 알려줄 뿐이었다.

집으로 돌아오는 내내 어떤 설렘에 발길이 꼬일 정도였다. 서핑의 강렬한 인상을 털어낼 수 없어서였다. 그리고 그날 밤, '내가 서핑을 한다면?'이란 설렘으로부터 시작된 생각의 꼬리를 자를 수 없었다. 그야말로 폭발력 있는 장면들, 평생 내게는 일어나지 않을 것 같은 바닷가에서의 활기찬 몸짓, 거기다 그 무시무시한 파도를 마음껏 누비는 미소를 띤 사람들, 그리고 한없이 맑고 투명하게 와닿는 태양의 빛. 당장 아름다운 바다와 미소를 띤 사람들이 있는 그곳으로 걸어들어가 섞여 살고 싶었다.

나도, 그렇게 살고 싶다고 생각했다.

한국으로 돌아와 우리나라에도 서핑을 할 수 있는 곳이 있다는 사실을 알고 일단 동해로 나섰다. 아이러니하게도 겨울이었다. 겨울이 되면 찾아오는 거친 파도와 추운 공기 탓에 서핑을 하는 사람들은 몇 없었고 바다의 서퍼들은 내가 보았던 미소를 띠기보다는 고된 낯빛을 하고 있었다. 그럼에도 불구하고 나는 서핑을 하고 싶었다. 사람들은 겨울의 거친 파도와 추위를 잘 견디고 나면 여름 서핑이 쉬워질 거라고 했다. 난 그 말을 철석같이 믿고는 지칠 때마다 혹은 무서워 겁이 날 때마다 '강해질 거야' 하고 바다를 향해 소리

쳤다. 내 작은 실력의 몇 배쯤 되는, 더 차갑고 더 사나운 파도를 만났기 때문에 더 이를 악물고 뛰어들 수밖에 없었다. 지금까지 살면서 육체로 해왔던 모든 움직임을 다 합해도 그해 겨울 발산해낸 에너지는 못 따라갈 거라고 장담할 만큼이었다.

힘든 걸 견디고 나면 난 내가 원하는 곳으로 가서 보고 싶은 것을 보고, 하고 싶은 것을 하고, 입고 싶은 것을 입는, 꾸밈없이, 원하는 삶을 살 수 있을 거라고 믿었는지도 모른다. 그리고 한번 그런 생각을 하니 질주용 도로에 들어선 스포츠카처럼 멈춰지지가 않았다. 배우가 연기할 배역으로 미끄러지듯이 빠져드는 것처럼 마치 다른 사람이 되어가는 듯, 새로운 자신의 탄생을 눈앞에 둔 사람처럼 가슴이 두근거리기까지 했다.

서핑을 하기 위해 서울에서 동해로 운전을 하는 날에는 그동안 하지 못해 가슴에 담아둔 말들이 나도 모르게 쏟아져나오기도 했다. 운전을 하면서 두 시간 동안 랩처럼 그것들을 뱉어내고 있다보면 감춰두었던 눈물이 앞을 가리며 잊고 싶은 일들이 용암처럼 튀어올랐다.

일전에 저질렀던 실수와 철없던 행동들, 그리고 여배우에 게 씌워지는 선입견 앞에 놓여도 바보처럼 웃고 있어야 했던 상황들, 거짓말을 밥먹듯이 해대는 나이든 이들이 떠올랐다. 그렇게 나이들고 싶지 않다는 강한 의지만으로 그들로부터, 혹은 이전의 나로부터 마침표를 찍는 듯 파도에서 일어났다. 춥거나 힘들 때, 거센 파도에 맞아 아플 때, 체력적으로 고되어 앞이 보이지 않을 때마다 '강해지자'라고 주문을 외웠다. 그리고 얼음나라의 폭포 같았던 겨울 바다에 들어서는 것이 익숙해질 때쯤 어쩌면 진짜로 강해질 수도 있을 것 같다는 희망이 생겼다. 바다에 있으면 시간이 두 배 세 배로 빨리 지나갔다.

겨울이 지나갈 때쯤 두꺼운 슈트에 몸을 끼워넣으며 조금씩 변해가는 몸을 느꼈다. 서핑을 시작한 후로는 식단 조절보다는 체력 조절이 필요했다. 서핑을 오래하고 싶으면 더 잘 먹고 질 좋은 근육을 길러야 했다. 물속에서는 땅에서보다 훨씬 더 많은 체력을 필요로 했다. 어느덧 잘 맞았던 슈트가 조금 작게 느껴졌다. 어깨가 커진 것이다. 항상 가장 작은 사이즈의 상의를 골랐는데 이제는 더 큰 옷을 입어야 했다. 일반 옷들도 마찬가지였다. 1년 만에 몸무게를 재어보니 2킬로그램이 늘어 있었다. 그렇다고 해서 다시 근육을 줄이고 가느다란 어깨를 만들고 싶지 않았다. 지금이 좋았다. 서핑도 한두 시간이면 지쳤는데 어느덧 네 시간을 넘겨도 괜찮았다. 이젠 누구의 도움 없이도 서핑보드를 번쩍 들어올리는 팔뚝을 가지고 싶었다. 도도하고 신비로운 여배우의 얼굴보다 바다에 뛰어들어 파도 속에서 환하게 웃는 타히티섬의 어느 바다 여자 같은 말간 얼굴을, 가늘고 늘씬한 몸매보다도 거친 파도를 누르며 일어날 탄력 있는 허벅지와 강한 체력을 무엇보다 가지고 싶었다. 당연히 어느 때보다도 잘 먹으려 했고 잘 잤고 스스로도 이토록 건강할 수는 없다고 여길 정도가 되었다.

　그러면서 미묘하게 취향의 변화도 생겼다. 잘생기고 고운 사람보다는 거칠고 두툼한 캐릭터가 좋아졌다. 성공하고 잘난 캐릭터보다는 어딘가 불편함을 갖추고 원초적인 모습을 간직한 인물에게 훨씬 더 이입이 되었다. 하얗고 청순한 여자보다는 까맣고 건강한 여자가, 보호 본능을 자극하기보다는 보호해줄 수 있는 사람이, 작고 여린 것보다는 풍만하고 강한 것이 좋아졌다. 이전에는 촌스럽다 말하곤 했던 색채감들도 좋아지기 시작했다. 노랗고 빨갛고 파랗고 초록빛인 색채의 아름다움이 얼마나 자연적인 것들인지가 내 안에서 소화되기 시작했다.

돌이켜보면 나는 언제나 한 편의 작품이 끝나고 나면 다음 작품이 와주기를 기다렸고 작품 때문에 머리카락을 자르고 나면 다음 작품을 걱정하며 머리카락이 길어지기를 기다렸다. 항상 살이 빠지기를, 얼굴이 더 갸름해지기를, 피부와 머리카락에 윤이 나기를, 누군가가 잘한다고 해주기를, 나를 지지해주기를 기다렸다. 대본만 기다린 것이 아니라 누군가의 평가를 더 간절히 기다렸는지도 모른다. 하지만 평가는 누구의 기준이냐에 따라 다를 수밖에 없었고 아무리 신경을 써도 외모는 결국 젊은 날의 모습 같을 수는 없었다. 점점 자신감이 사라지며 시시때때로 변하는 기준에 흔들리는 나 자신에게, 누군가와 비교당하는 말들에 줄곧 우울해지기도 했다. 하지만 이제는 세상의 기준이 아닌 나 자신의 기준에 외모를 맞추기 시작했고 스스로의 기준이 확실해지기 시작했다. 그 확신과 결정을 스스로 지지하게 된 것이다. 간과하고 지나갔던 모든 것들이 명확해지기 시작했다.

바다에 뜬 채로 오롯이 생각을 모으니 내가 왜 이곳으로 왔는지 알 것도 같았다.

그즈음 나는 서울을 떠나 바다가 가까운 곳에서 살면 좋겠다고 결심했고 우선 짧게라도 연습을 해보기로 했다. 사실은 아주 멀리 떠나고 싶었지만 그때까지 지방에서 살아본적 없는 서울 바보였던 나는 내비게이션 없이 운전한다는건 상상도 할 수 없었다. 동서남북이 어딘지, 어느 방향으로 가는지조차 알지 못하는 방향감각 제로의 인간이었던지라, 서울을 떠나 바다 근처에 집을 구한다는 상상만으로도 가슴이 벅차올랐다. 동쪽 바다로 가서 우선은 1년만 살아볼 양으로 집을 구했다. 걸어서 바다도 갈 수 있고 동해 시내에서 모든 걸 해결할 수도 있는, 보증금 300만 원에 월세 22만 원인 작고 평범한 저층 아파트의 꼭대기인 5층 집이었다. 그곳으로 정한 이유는 단지 친구 동생이 그 근처 서핑을 배울 수 있는 곳을 알려주었기 때문이다. 친구 동생이 알려준 곳이 어디였든 아마도 난 그곳 근처에 집을 구했을 것이다.

일을 하러 가지 않는 대부분의 시간을 그곳에서 보냈다. 언제든 다시 나올 수도 있다는 생각에 합판으로 짠 12만 원짜리 4인용 식탁과 비슷한 가격의 매트리스, 어딘가에서 경품으로 받은 1구짜리 인덕션과 대학 시절 자취방에 넣어놓았던 한 칸짜리 무릎 높이만한 냉장고, 중소기업에서 만든 성능 좋고 값싼 텔레비전, 이것들이 전부인 18평짜리 아파트에서의 생활은 부족할 것이 없었다. 한여름에 에어컨이 없는 꼭대기 층이 얼마나 더운지 진저리칠 만큼 느꼈지만 이 집을 언제 나갈지 모른다는 생각을 하면 에어컨을 놓는 건 너무 거창하게 느껴졌다. 땀범벅이 되어도 에어컨 빵빵한 서울 집엔 가기가 싫었다. 선풍기 바람에 얼굴을 들이밀고 없으면 없는 대로 끼워맞춰 살게 된다는 진리를 배우기도 했다. 소금물에 젖으면 뭐든 금방 상한다는 걸 몸소 체험한 서퍼들은 천 쪼가리라 불릴 수준의 허름한 옷으로 만족하며 바다를 살지만 사실 그것마저 필요 없어 보일 만큼 수

영복 하나면 족한 사람들이었다. 서퍼들에게 제일 좋은 옷
은 뽀송한 면으로 된 것, 잘 빨아서 햇빛 소독을 마친 것일
뿐. 대개의 서핑하는 사람들은 패션 잡지를 본다거나 취미
삼아 쇼핑을 간다거나 하는 부류의 사람들과는 달랐다. 좋
은 옷이나 가방에 대한 욕망이 거의 없어 보였다. 그것보다
는 여행을 간다거나 그저 파도가 좋은 날 시간을 내어 바다
에 들어갈 수 있는 것을 행복의 척도로 여기는 듯했다. 좋아
하는 일과 돈을 버는 일이 명백히 구분된 사람들이었다. 바
다 근처에서 사는 것을 목숨처럼 여기고 돈을 많이 벌기보
다 자유 시간을 많이 갖기를 원한다. 바다에 들어갈 때는 휴
대폰을 가지고 갈 수 없으니 천천히 휴대폰의 쓰임으로부터
멀어지고 자연스레 방대한 정보로부터도 둔감해진다.

내 인생에서 필요한 것은 무엇이고 불필요한 것은 무엇
일까? 우선은 마트에서 장을 볼 때부터, 당장 필요하지 않은
것들을 카트에서 골라내고 빼보자.

새우깡엔 소주, 유과엔 뭔가요?

20대의 나는 문을 닫아건 방 안에서 줄곧 영화를 보았다. 작은 사각형 안에서 쌓고 허물어지는 세계를 보고 있으면 그 무엇도 부럽지 않을 만큼 세상이 차곡차곡 채워지는 것 같았다. 그리고 마치 영화 속 주인공이 된 듯, 같이 아파하고 고뇌하고 기뻐하고 환호했지만 막상 영화가 끝나고 적막한 방으로 돌아오면, 견딜 수 없이 외롭기도 했다. 그만큼 영화에 의존했는지도 모르겠다. 어떤 이는 종교에 의존하고 또 어떤 이는 연인에게, 술에 의존한다면 나는 그게 영화였던 것이다. 그런데 영화 속 인물들에게는 하나같이 큰 사건 사고들이 많고 그 일들은 주인공 혹은 주변 인물들에게 강력한 영향을 미치는 반면, 내 인생에서는 영화처럼 화려한 일

들이 일어나지 않으니 줄곧 시시한 인생을 살아야 하는 건 당연했다.

"네 인생이 시시하다고?"

"응. 내 인생은 겉만 번지르르한 유과 같아."

"유과? 한과 중에 유과 말하는 거야?"

"응. 안이 비어서 막상 씹어보면 심심하기만 하고 먹을 건 없는데, 겉만 보면 향도 좋고 맛있을 것 같아서 동정도 잘 못 받아. 그게 내 인생이야. 배우라는 직업 때문에 누구에게 이해받기도 쉽지 않고 불쌍히 여길 수도 없는 존재."

"누군가 널 불쌍히 여겼으면 좋겠어?"

"꼭 그렇다는 건 아니지만."

"유과라…… 그에 비하면 내 인생은 새우깡이네."

"어째서?"

"누구나 먹을 수 있는 새우깡. 소주가 당길 때 찾는 새우깡 말이야. 너처럼 유과라도 돼서 특별히 좋은 접시에 담겨 나올 수 있는 존재도 못 된다고."

그랬다. 우리의 대화는 결국 누구 하나 행복해지는 결론에 이르지 못한 채 끝이 났고 결국 이렇게 스스로를 불쌍히 여기는 자신을 발견했을 뿐이다. 유과건 새우깡이건 입으로 들어가 분해되고 소화되어 찌꺼기로 나올 땐 무엇이 무엇이었는지 과연 알아볼 수 있을까?

"야, 새우깡에 소주나 한잔할래? 그래도 소주에 유과는 좀 그렇지 않아?"

우리는 삼각형처럼

나에겐 언니 하나와 남동생 하나가 있는데 나를 포함해 우리 셋은 삼각형의 꼭짓점 아래 따로 놓여 있는 것처럼 정말 반대인 인간들이다. 가끔 우리의 얼굴이 닮았다는 소리를 듣기도 하지만 그건 정말 유전자의 힘일 뿐 우리는 마치 다른 나라 사람들처럼 제각각이라 '유전자라는 녀석이 참 대단하긴 하구만' 한다. 여전히 우리에게 공통된 구석이라 곤 엄마 아빠가 같다는 것말고는 없다는 생각이 들 때가 많다. 그래서인지 가끔은 서로에게 모진 말이나 잔소리를 거침없이 던질 때도 있다. 특히나 언니와 함께 남동생을 만나면 그렇다.

"야. 네가 서른이 넘었으면 이젠 안정적인 직장도 찾고 돈도 모으고 그래야 하는 거 아니야?"

"내가 어때서?"

"직장도 때려치우고 얼마 전에 다시 들어갔다며? 그렇게 비정규직으로 일하며 떠돌다가 나중에 어떻게 하려고 그래?"

"난 잘 살고 있어."

"모아놓은 돈은 얼마나 있니? 작은 집이라도 한 채 마련해야지."

"누나, 무슨 소리야. 요새 집이 얼만데. 그리고 왜 집을 꼭 사야 해? 세상에 짓고 있는 집이 얼마나 많은데. 인구수는 계속 줄고 있고 말이야."

"대체 나중에 어떻게 하려고 그래?"

"누나, 난 지금 충분히 행복하고 안정적이라 내 삶에 어떠한 변화도 오는 게 싫을 정도야."

"도대체 꿈은 있니?"

"난 그런 거 없어. 뭐가 되는 게 뭐가 그렇게 중요해? 지금 행복하니까 이대로 평생 무사하게 사는 게 꿈인 거야, 난."

마치 뒤통수를 한 대 얻어맞은 것 같은 대답이었다. 이대로 평생 무사하게 사는 게 꿈이라니. 어쩌면 모두의 꿈일 수도 있겠다는 생각이 들었다. 그 녀석은 현재 제주도에 살고 있다. 내가 제주도로 내려오고 얼마 지나지 않아 여자친구와 함께 제주도로 이주해 살고 있고 그 둘은 제주도에서 직장을 찾아 여느 젊은이들처럼 살고 있지만 왜 나와 언니는 그 녀석만 보면 걱정인 걸까. 단지 누나라는 직급만으로.

남동생의 태생적으로 여유로운 성품과는 반대로 언니는 정말 일개미처럼 산다. 수없이 밀려드는 일로 나와 통화할 여유조차 없이 생활하는 그녀를 만날 수 있는 건 겨우 명절 같은 때이다.

"언니는 일이 그렇게 재밌어?"

"재미로 한다기보단 내가 잘할 수 있는 일이 이것밖에 없으니 하는 거지."

"나는 사법고시 같은 거 보라고 했으면 정말 어딘가로 사라져버렸을 것 같아."

"아니야. 네가 몰라서 그래. 내가 보기엔 너도 닥치면 기어

코 몇 년이고 버틸 사람이야."

"언니는 공부할 때 안 힘들었어?"

"힘들지. 근데 그땐 법전을 보는 게 좋았어. 세상에 이해할
수도 없고, 듣기도 싫고, 알기도 무서울 정도인 일들이 수없
이 일어나는데, 법전에는 그런 모든 경우들을 다 정리해놓
았잖아. 그래서 그걸 보고 있으면 세상에 일어나는 일들을
내가 차곡차곡 정리할 수도 있을 것 같은 기분이 들거든."

모두 다 자신만의 이유가 있을 것이다. 살아간다는 것엔
말이다. 모든 일들에 의미를 부여할 수는 없어도 세상에 일
어나는 일을 정리할 수 있을 것 같은 기분으로 공부를 하다
가 변호사가 되어 잘하는 일이 그것밖에 없으니 하기도 하
고, 나처럼 좋은 시나리오를 쓴 누군가가 불러주기를 바라
며 기다림의 인생을 살기도 하고, 그 기다림 속에서 요가나
서핑 혹은 글쓰기 같은 또다른 행복을 만나 인생의 다른 맛
이 담긴 바람을 맞기도 하고 말이다.

그러니 그 누구에게도 무언가를 강요할 수는 없겠다. 남
동생에게도 혹은 남편에게도 그리고 어쩌면 자신에게도. 세

상의 어떤 강요 없이 물 흐르는 대로 살아가다보면 무엇이 나올지 궁금하다. 그것을 견뎌보는 것이야말로 진짜 인생일 수도.

미니멀리스트가 되는 꿈

영원히 가질 수 있는 물건이 있을까. 아니 영원히 사용하게 되는 물건은 과연 내가 가진 것 중에 얼마나 될까. 돌이켜 생각해보면 지금껏 아꼈던 물건들이 현재는 아무것도 아닌 게 되어버린 경우가 많았다. 게다가 어딘가에서 잃어버린 건지 아니면 집에 두고는 못 찾는 건지 도무지 행방을 모르는 물건들을 다 찾게 된다면 앞으로는 쇼핑을 안 한다 하더라도 살아갈 수 있을지 모른다.

특히나 바다에 가지고 들어가는 물건은 겨우 모자 하나라도 결국 바다가 삼켜버리기 마련이고 모래사장에 고이 놔둔 채 바다로 들어가자면 운에 맡길 방도밖에는 없을 것이다. 고로, 바다로 간다면 간소한 모양새가 몸도 마음도 편하기 마련이다. 하지만 서핑 초보 시절에는 아무도 내 물건을 가져가지 않는 걸 이상하게 여겨야 할 만큼 짐이 많았다. 지금이야 다른 서퍼들처럼 물이나 열쇠, 슬리퍼 정도만을 모래사장에 두고 바다에 몸을 담그지만 그때에는 일단 맥주와 커피, 선크림, 사진기, 핸드폰, 차 키, 수건, 서프보드 왁스 등이 담긴 가방을 짊어지고 거기다 한 손으로 서핑보드까지 들고 몇백 미터를 걸어다녔던 것이다. 중문색달해변 주차장에 주차를 하고 그것들을 들고 바다 가까이 내려가서 다시 모래사장을 지나 앉을 만한 마땅한 곳에 도착하면 헉헉거리며 주저앉아버리는 바람에 가지고 온 것 중엔 물말고는 아무것도 사용할 기력이 없다. 게다가 힘들게 가져왔다고 해서 언제나 쓸 수 있는 것도, 늘 필요한 것도 아니었다. 서핑을 할 땐 보드를 뺀 나머지 소지품들은 모두 두고 들어가야 하니 바다에 들어가서도 시도 때도 없이 가방이 제자리에 그대로 잘 있나 살피게 되었고 이미 온몸에 바닷물과 모래가 묻은 상태에서는 아무것도 제대로 사용할 수 없었다. 게다가 가져간 게 많을수록 그것을 다시 챙겨 돌아오는 데에도 시간이 들었다. 그렇게 엄청난 시간을 할애한 끝에 결국 잃어버려도 괜찮을 만한, 그러나 쓸 만한 물건만 들고 다닌다면 어디에서건 가벼워질 수 있다고 생각했다. 정말 한여름에만 물 정도를 들고 바다로 간다.

서핑을 하며 여행을 다니니 간소한 짐의 적용 범위가 점점 커지기 시작했다. 옷가지들은 빨아서 말려 입을 정도의 여벌만을 챙겼고, 그곳에서 간단히 구할 수 있는 물건들은 아예 배제하고 짐을 챙기니 여행용 고추장이나 된장말고는 굳이 무리해서 챙겨가야 할 것은 없었다. 손이 가벼우니 마음도 가볍고 몸은 더 자유로워진다. 여행을 삶의 축소판이라고 한다면, 삶 자체도 여행처럼 가벼워진다면 얼마나 좋을까.

서핑을 하게 된 후 또하나 바뀐 것은 여행지이기도 했다. 가능한 한 먼, 사람이 붐비지 않는, 서핑을 할 수 있는 바다가 있는 곳이면 되었다. 서핑은 나라를 막론하고 안전상의 이유로 한 파도에 한 사람만을 태우는 룰이 정해져 있기 때문에 관광객이 붐비는 발리나 하와이 같은 곳에서 하는 서핑은 어쨌거나 치열했다. 도시에서의 악다구니를 피해 바다로 갔는데 그곳에서까지 악다구니하고 싶지는 않았다. 게다가 그런 곳들은 서핑이 아니더라도 자연을 즐기기에는 인간이 너무 많은 것을 점령하고 있었다.

　바다와 함께 조용히 있을 수 있는 곳으로 가고 싶었다. 좀더 자연적이고 좀더 이국적인 풀들이 있으며, 머리보다는 몸을 많이 쓰고, 그래서 더 많이 웃는 사람들이 있는 곳으로 말이다.

강한 바람이
끊이질 않았다

서퍼의 아침

스페인 카나리아 제도는 일곱 개의 섬으로 이루어져 있다. 그중에 네 개의 메인 섬인 그란 카나리아, 란사로테, 푸에르테벤투라, 테네리페가 사람들이 주로 찾는 곳이라고 한다.

나는 그중에서도 푸에르테벤투라Fuerteventura에 오게 되었다. 이곳을 소개한 스페인 친구 마치오 프라티는, 이곳이 카나리아의 섬들 중에 가장 발전이 되지 않았고 자연이 그대로 남아 있는 아름다운 곳이며 끊임없이 파도가 들어오는, 강한Fuerte 바람ventura의 섬이라고 했다.

그는 발리에서 서핑트립할 때 내 옆방에 묵었던 친구다. 수없이 몰려드는 서퍼들 때문에 서핑을 망치고 돌아온 어느 날, 고향을 그리워하고 있는 그를 목격했다.

"고향이 어디라고?"

"푸에르테벤투라. 스페인의 섬이야."

"아, 스페인에도 섬이 있구나."

"카나리아 제도는 유럽의 하와이 같은 곳이라고."

"그런데 대체 왜 발리에 온 거야?"

"발리는 한번 와봐야 하지 않을까 해서. 서퍼라면 말이지."

"맞아. 모두가 그렇게 생각해서 모두가 여기서 서핑을 해."

그렇게 인연이 된 마치오 프라티를 이곳 푸에르테벤투라 섬에서 만나게 될 줄이야. 발리에서 우연히 만난 옆방 아이의 고향에 와서 서핑을 한다는 것 자체만으로 기분이 묘했다. 비행기는 지구를 돌고, 파도는 일렁이고, 밤과 낮이 번갈아가며 휴식과 열매를 가져다주고, 나는 세상의 바다를 떠돌며 사람과 파도를 만나는 중이다.

나는 다섯 개의 방과 작은 수영장이 있는 서프 하우스의 방 하나를 빌렸다. 다양한 인종이 각 방에 머물렀고, 식성 또한 다양했다. 엄청나게 체력을 소진하며 서핑을 한 후에는 식욕을 숨기기가 힘든 법이기도 해서 영국, 이탈리아, 그리스, 독일, 한국, 스페인까지 모두 6개국에서 모인 사람들이 한 지붕 아래서 끼니때마다 각자 음식을 하느라 분주했다. 특히나 아침이면 더했다. 서핑을 가기 전 요기를 하기 위해 내 옆자리에 앉은 독일인 남자애는 햄을 꺼내와 빵에다가 얹었고 그 위에 스크램블과 소금과 케첩을 곁들였다. 앞에 앉은 그의 여자친구는 글루텐프리 빵을 꺼내 누텔라를 두껍게 발라 바나나와 함께 먹었다. 그 옆의 영국인 커플 중 남자애는 식빵에 아보카도와 스크램블을 얹고 소금과 후추를 뿌려 먹었다. 여자애는 먼저 수박과 오렌지를 한 접시 먹은 다음에 달걀 두 개를 따로 삶아 먹었다. 스페인 안달루시아에서 태어나 런던에 살고 있는 여자애는 정성스럽게 오렌지를 속 껍질까지 일일이 깐 다음에 올리브 오일을 뿌린 뒤 다른 한 접시에는 구운 식빵과 아보카도를 가지런히 올려 먹었다. 이 탈리아인 여자애는 커피 한잔으로 아침식사를 대신하곤 했는데 그럼에도 오후 2시 전까지는 배가 고프지 않다고 했다 (하지만 그녀는 요상하게도 넘칠 듯한 에너지로 서핑을 한다). 마지막으로 한국인 여자애인 나는 한국에서 가져온 북어와 미역과 누룽지, 된장을 한 솥에 끓여 만든 된장미역국밥 정도는 먹어야 힘이 나 오후까지 서핑을 할 수 있었다. 아, 오스트리아인 남자아이도 있었는데 그애는 여행을 왔다가 푸에르테벤투라가 마음에 들어 오랫동안 머물기로 결정한 후, 이곳에서 청소를 하는 대가로 방을 제공받는다고 했다(서핑을 하지 않는 그는 야행성 늦잠꾸러기다). 그는 이탈리아 여자애가 첫 식사를 끝낼 때쯤인 오후 2시에 일어나 바닷가에 나가 수영을 한참 하다 들어와 첫 끼니를 때우는 스타일이라고 했다.

이 두 사람을 제외한 나머지 사람들은 아침식사를 마치고 오전 7시면 봉고차를 타고 다 함께 서핑을 하러 떠난다. 우리 숙소에서 30분 정도 달리면 나오는 '푼타 블랑카'는 롱보드를 타는 사람들에게 인기 있는 바다였는데 파도를 타기 위해서 적어도 1킬로미터 이상을 보드에 엎드려 패들해서 나가야만 했다. 이곳은 리프 브레이크▽라서 조금 긴장되기도 했지만 그만큼 깊은 바다로 나가 서핑을 하는 곳이라 조수 간만이 크게 상관없는 곳이기도 했다. 단, 간조 시간이라

▽ 해저가 바위나 산호로 되어 있는 곳.

면 바위로 된 미끄러운 바닥을 걸어들어가야 했다.

처음 만나는 바다는 언제고 두렵기도 하고 흥분된다. 하지만 친구들이 앞서 나가는 걸 보면 금세 긴장이 풀리기 마련이다. 혼자라면 처음부터 용기내기 힘든 일도 이처럼 모두가 함께라면 별일이 아니게 된다. 한참을 패들해서 들어가다보니 하얀 거품, 파도가 깨진 흔적이 보이기 시작하고 이내 입이 벌어져 다물어지지 않을 정도로 긴 파도가 천천히 부서진다. 뭐라 설명할 수 없는 쾌감이 온몸을 감싼다. 먼 바다에서부터 만들어진 견고하고 글로시한 파도가 마치 나를 보며 몸매를 뽐내는 듯 반짝거린다. 파도가 이토록 천천히 부서질 수 있다는 사실에 입을 벌리고, 떨어지는 파도에 고개를 들이밀어 머리를 적시고 나면 마치 꼬불꼬불한 뇌속으로 파도가 들이쳐 이물질들이 씻겨 내려가는 기분이 들어 이내 히죽거린다. 시간을 거스른 어린아이가 되고 만다.

하루의 일과가 끝나면 친구들과 함께 메인거리 뒤쪽, 바다가 보이는 건물 옥상에 자리한 바나나 바에 가곤 했다. 집

주인이 이곳은 모든 서퍼들이 즐겨 들르는 곳이라고 했다. 그래서인지 한쪽 벽면에서는 서핑 영상이 흘러나오고 모두가 그을린 얼굴로 한잔하며 드라마틱했던 하루를 식힌다. 레드와인에 소다수를 타서 마시는 '틴토 데 베라노Tinto de verano'는 레드와인이 주는 저녁 감성에다 시원한 소다의 청량감이 속을 뻥 뚫어주는, 더운 섬에서의 하루를 마감하기 적절한 알코올 음료이다. 하지만 아무리 한잔했다 하더라도 고작 8시가 넘으면 하나둘씩 하품을 하기 시작한다. 새벽에 군말 없이 일어나려면 9시부터는 슬슬 침대로 가서 뒹굴어야 다음날 또 서핑을 할 수 있으니 누가 아무리 붙잡아도 잔을 놓고 일어나 집으로 돌아간다. 서핑을 중요하게 생각하는 사람들의 철학은 대부분 그랬다. 마치 새벽녘 사랑하는 이를 마중 나가듯 밤을 준비한다.

이들에게 아침은 7시가 아니라 새벽 5시 언저리에 있었다. 그쯤 간만조가 맞아떨어져 서핑을 할 수 있는 날이면 깔끔한 새벽 파도를 만날 수 있기 때문이다. 밤공기 덕분에 서늘해진 대기 속에서 피어나는 꽃처럼, 차가운 공기가 데워지기 전, 정적의 시간에 생겨나는 파도다.

이전의 나는 촬영이 없는 날에 일찍 일어나는 건 기피하던 사람이었다. 촬영하는 사람들이 모두 그렇듯 새벽 서너 시면 일어나 촬영을 준비하고 24시간 이상 촬영을 한 후에는 보상이라도 받는 듯 촬영이 없는 날, 늘어지게 자는 것을 당연하게 여겼다. 그래서인지 일찍 일어나야 하는 서퍼가 되는 길에는 고비가 많았다. 일하러 일어나는 것과 운동하려고 일찍 일어나는 일은 너무도 달랐기 때문이다. 처음에는 일어나지 않아도 그 누구도 뭐라고 할 사람이 없으니 더 자고 싶은 충동에 몇 번씩 알람을 고쳐 맞추기도 했고, 초반엔 하루 서핑을 하고 나면 몸 여기저기에서 빨간 불이 켜지며 근육통이란 녀석이 일어나지 말라고 속삭였다. 그래서인지 밤이면 한잔 마시고 뻗고 싶은 충동을 잘 이겨내지 못했다. 하지만 이제는 아니다. 내가 어엿한 서퍼가 됐다고 생각한 건 술도 싫고 늦은 저녁까지 노는 건 더 싫고 일찍 일어나 새벽에 서핑을 나가는 게 가장 좋아졌기 때문이다.

여기에 있는 모두가 같은 마음이라는 건 물어보지 않아도 알게 되었다. 어느덧 나는 자연스레 오랜 고질병이었던 불면증에서도 벗어났고 밤이면 곧장 잠을 잘 수 있게 되었다.

그리고 아침해가 도착하기도 전에 일어나 녀석을 기다린다.
이토록 애타게 해를 기다려본 적이 있던가!

안녕, 바람

푸에르테벤투라의 젊은이들 중에는 돈을 모아 낡은 모터홈▽을 마련하는 이들이 많았다. 스페인에서는 천만 원에서 3천만 원 정도면 그럴싸한 중고 모터홈을 마련할 수 있다고 한다. 바닷가에 즐비하게 주차된 모터홈들 중에는 이곳에 사는 사람의 것도, 도시에서 가져와 정박해놓은 별장용 카라반도 많았다. 바다가 내려다보이는 절벽 위, 땅이 평평한 곳이면 약속이라도 한 듯 모터홈들이 정렬하여 바다를 바라보고 서 있다. 뒤쪽으로는 바람막이가 되는 돌담을 세우고 나뭇가지를 땅에 박아 천을 이어 샤워실이나 옷 갈아입는

▽ 부엌이나 화장실 따위의 생활에 필요한 설비를 트레일러에 갖추고 자동차나 트럭에 연결하여 이동이 가능하도록 만든 주택. 캠핑카의 다른 말.

탈의실로 쓴다. 낮 동안은 태양열을 받는 휴대용 장치를 이용해 모터홈의 동력을 충전시키거나, 자연의 법칙을 이용해 높은 곳에 올려놓으면 자연히 샤워기가 되는 장치를 달아놓고 휴대용 정수기로 생수와 샤워할 물을 얻는다. 자연히 물을 끓여 마시는 일도 잦아지고 물이나 전기 따위를 만들기 위해 태양열이 충전되기를 기다리며 해먹을 걸어놓고 책을 읽는다.

그들은 파도와 낡은 모터홈만으로, 더이상 행복할 수는 없다는 듯 젊은 시절을 만끽한다. 잘 지어진 집을 산다면 좋겠지만 젊은이가 집을 갖는다는 건 스페인에서도 마찬가지로 힘든 일일 것이다. 하지만 그들은 자신의 힘으로 살 공간을 마련했고 전기도, 물도 만들어낼 줄 안다. 갖춰진 식사가 없어도, 혹은 딱히 놀거리로 보이는 무언가가 없어도 바다에 모여 시간을 풍성하게 채운다. 이곳에서는 젖은 옷이어도, 모래가 잔뜩 묻은 발이어도 상관없다. 그 누구도 내 몸에 걸친 무언가로 나를 평가하지 않는, 상대방에 대한 평가의 시선이라고는 존재하지 않는 곳이다.

그들이 무슨 일을 하던 사람인지, 그리고 어떻게 이곳으로 왔는지 알 방도는 없다. 이곳에서는 태양과 자연이 주는 혜택으로 공평하게 살아간다. 자연이 인간을 품고 있다는 사실을 뼈저리게 목격한다는 것만으로 여유로운 사람이 된 것 같은 기분이 든다. 언제나 꿈꾸던 나의 모습이었다. 이번 여행의 묘미는 서핑이 아니라 꿈꾸던 나를 만나는 것이었는지도.

밤낮으로 태양은 따뜻함을, 바람은 시원함을 선사하고, 내가 원하는 건 단지 시간이 이대로 멈추는 것일 뿐. 며칠이 지나자 푸에르테벤투라 섬의 매서웠던 바람이 서서히 누그러져 부드럽기까지 했다. 머리를 감고 밖으로 나가면 5분 내로 머리카락을 말려주는 정도의 바람이라니. 어쩌면, 내 인생에서 드디어 바람을 만났는지도 모르겠군. 안녕, 반가워. 푸에르테벤투라.

우리가 바둥거리는 이유

푸에르테벤투라에서의 생활이 완전히 익숙해졌을 즈음 전화 한 통이 걸려왔다.

"야, 어디야?"

친구 지선이었다. 고등학교를 졸업하면서 나는 서울에 그대로, 지선이는 파리로 가서 살았다.

어릴 적엔 지선이를 부러워했다. 부모님의 서포트와 파리에 머무른다는 사실 자체가 그녀를 꿈속에 사는 존재처럼 보이게 했다. 제대로 오래된 것들한테서 풍겨나오는, 세상 어디에도 존재하지 않는 참맛 같은 것들이 있는 도시. 짧은 순간에 흉내낼 수도 없으며 닮겠다거나 표절을 하겠다고 해도 절대 나올 수 없는 하나의 거대한 예술작품 그 자체

인 곳. 그 안에서 숨쉬는 몽환적인 분위기, 그리고 다소 케케
묵은 듯한 정서의 기류들…… 평범함이라곤 찾아볼 수 없는
한 사람 한 사람의 개성과 그들의 당찬 걸음걸이까지. 그곳
은 그런 곳이었다.

올해로 파리에서 16년째 살아온 지선이는 언젠가부터 그
곳을 떠나고 싶다고 입버릇처럼 말했다.

"파리의 할머니들이 멋있어 보였을 때가 있었거든. 머리
부터 발끝까지 명품으로 치장하고, 여전히 마르고 가는 몸
매를 유지하고, 슬리퍼조차도 에르메스를 신고 다니는 그녀
들이야. 그런데 자세히 보면 말이야, 죽고 싶다는 표정으로
걸어다녀."

도시는 어쩌면 신종 전염병을 가지고 있는지도 모른다.

네가 가지고 있으면 나도 가지고 있어야 하는 것. 네가 잘
나면 나도 그만큼 잘나야 하는 것. 네 아이가 잘하는데 내 아
이가 그만큼 못하면 큰일나는 것. 성공해야 하는 것. 혹은 그
렇게 보이는 것. 이대로, 나대로 살면 게으른 것. 뒤처지는 것.

"나? 난 여기 푸에르테벤투라라는 섬이야. 스페인."

"너 여기로 지금 올 수 있어?"

"거기가 어딘데?"

"여기 파리 꼬샹 병원이야. 포트로얄역 근처."

"응. 갈게. 근데 무슨 일이야?"

"어젯밤에 쓰러져서 병원에 실려왔는데 글쎄, 내가 급성 백혈병이래. 이제 몇 시간 후면 키모 테라피▽라는 걸 시작한대. 빨리, 얼른 와."

곧 죽을지도 모른다는 불안감 때문인지, 죽기 전에 사랑하는 사람들과 마지막 이야기를 나누지 못할지도 모른다는 불안 때문인지 그녀는 헐레벌떡 가족들과 내게 연락을 해왔다. 처음에 그녀가 "어디야?"하고 물었을 때 나는 왠지 모를 눈물이 났다. 늘 어디냐고 물었지만 이번 물음에는 많은 물기가 포함되어 있어서였겠다.

그 이후로 나는 사람의 직감이라는 것을 믿게 되었다. 그 날따라 기분이 이상했다든지 이상하게도 뭔가 낌새가 보였

▽ 주로 암에 쓰이는 화학 요법 치료.

다든지 하는 말들을. 믿지도, 이해되지도 않았던 그 기묘한 느낌이란 것들은 어떻게든 온몸의 모공 속으로 파고들게 마련이었다. 친구는 병원의 어디에 위치한 무균실로 어떻게 들어오면 되는지까지 설명했지만, 나중에 물어보니 나랑 통화한 게 기억나지 않는다고 했다.

이틀을 걸려 병원에 도착하니 그녀의 부모님은 먼저 도착해 병실 의자에 앉아 계셨다. 그리고 얼굴을 드러낸 친구는 키모 테라피라는 치료를 받기 시작한 탓에 며칠 사이 몸무게가 10킬로그램 넘게 줄었고 얼굴은 알아보기 힘들 정도로 변해 있었다. 그때 그녀의 얼굴에 죽음의 그림자가 스친 것도 같았다. 순간 병원 문을 나서며 '아, 이 모든 게 현실이구나. 정말로 지선이가 죽을지도 모르는 거구나'라는 생각을 하게 되니 지금까지의 그 어떤 때보다도 이성적으로 하루하루를 보내게 되었다.

내가 할 수 있는 것들을 생각했다. 우선은 동양 음식을 파는 식당에 가서 먹을 수 있는 것들을 챙겨다 지선의 부모님께 드리고 병원에서 가까운 호텔들을 돌아보며 낡은 숙소에서 적당한 가격에 묵기로 결정했다. 다행히 창문이 있어 아침에 일어나면 해를 볼 수 있었고, 해가 뜬 걸 확인하고 나오면 바로 근처에 음식을 사 먹을 레스토랑도, 물이나 간식거리를 살 작은 마트도 있었다. 뭐라도 사 들고 병원에 도착하면 언제나 나보다 먼저 지선의 부모님이 기다리고 계셨다. 부모님이 기회를 양보해주셔야만 내게도 무균실 면회가 허용됐는데, 그때면 그녀에게 가서 부러 밝은 척 말을 걸었다.

"야, 나 정말 까맣지?"

"응. 길 가다 마주치면 너 못 알아보겠어. 1년 사이에 왜 이렇게 변했어?"

"나 정말 열심히 서핑만 했어. 이젠 큰 파도에도, 겨울 바다에도 다 들어가."

"진짜? 너, 나랑 같이 동해에서 서핑 배웠을 때는 나보다도 못했는데. 팔이 가늘어서."

"나 이제 팔도 안 가늘어. 봐봐. 진짜 단단해졌지?"

"진짜 건강해 보여."

"너도 정말 많이 변했어. 너도 길 가다 마주쳐도 못 알아보겠어."

"응. 내 인생 최고로 날씬해. 나 32킬로그램이래. 심지어
다리도 얇아졌어."

"그러게. 너 왕 무다리였는데. 이제 완전 날씬하네."

"근데 나 머리카락 없으니까 이상해?"

"아니. 얼굴이 작아서 잘 어울려. 너 머리 자르니까 나도
자르고 싶다."

불과 1년 전 함께 제주도로 여행을 다녀올 때만 해도 그
녀는 아무리 다이어트를 해도 다리 살은 안 빠진다며 고민
했었는데 병원에 온 지 닷새 만에 바싹 말라 뼈에 가죽만 붙
어 있게 되었다.

병원 철문을 지나 거리로 나오니 해가 지고 있었다. 해가
지니 붙들고 있던 이성은 정면으로 쳐들어오는 슬픔에 고개
를 숙이고, 순간 그녀와의 아련한 추억이 되살아나면서 눈
물이 떨어져 입속으로 자꾸만 들어왔다.

초등학교 4학년 때, 바이올린밖에 켤 줄 몰랐던 소심했던

내게 밝게 말을 걸어주었던, 어린 시절의 그녀가 내 앞에 서 있었다. 키가 작아 늘 맨 앞줄에 앉았지만 똑똑하고 당차서 반장을 도맡아 했던 아이. 그녀의 부모님과 그녀 자신의 고통에 비하면 나의 슬픔이 얼마나 보잘것없을지 뻔했기에 혼자 아무렇지 않은 척, 괜찮은 척 연기라도 하려 했지만 혼자 있는 시간이 오면 무색하게도 친구를 잃기 싫어 훌쩍거리며 우는 나약한 내가 되고 말았다.

하루 두 명, 단 한 시간씩으로 면회시간이 조정되면서 이틀에 한 번은 내가 들어가기로 했다. 그런 날이면 차도가 있는지, 하루 사이에 어떤 변화는 없었는지 그리고 어떤 이야기를 나눴는지 지선이와 있었던 한 시간을 부모님과 마주보고 앉아 다시금 세 시간도 넘게 곱씹고는 했다. 그러면 또다시 하루 일과가 끝났고 숙소로 돌아가기 위해 차가운 복도를 지나 병동 건물을 나와 철문을 나섰다. 그런 날이면 중국음식을 파는 곳으로 들어가 볶음밥과 야채구이 따위를 골라 무게를 재고 값을 치르고, 마트에서 물과 와인 한 병을 사 들고 호텔방으로 돌아와 저무는 해를 바라보며 앉아 있었다.

내일은 좋은 소식이 도착하기만을 기다리면서 말이다.

　호텔방과 병원말고는 다른 곳을 돌아다니는 일이 꺼려졌다. 방에서 우는 것말고 뭐라도 해보기 위해 파리의 밤거리를 돌아다녀도 보았지만 그녀가 스무 살 이후로 살게 된 이곳 도처에는 너무 많은 추억이 있었다. 우리 둘이 청춘을 방황하며 겪은 이야깃거리는 모두 이곳에서 벌어졌었다. 철없이 노래를 부르며 밤거리를 돌아다니던 때, 프랑스의 남자들을 한없이 멋있다고 생각하면서 파리에서의 로맨스 따위를 상상하던 때, 늦은 밤 방에서 작은 창문 사이로 얼굴을 삐죽 내밀고 밤새도록 지나가는 사람들을 바라보며 속닥거릴 때, 이 모든 순간들에 나 혼자가 아니었다. 그녀가 레스토랑에 취직해 코미▽로 일할 땐 한국행 비행기값도 없다며 옥탑방 월세를 감당하느라 허덕이면서도 내가 일을 끝내고 파리로 오는 날만을 손꼽아 기다려주면서, 온갖 좋은 식당으로 안내해 파리의 음식들을 경험하게 해주었는데. 그렇게 파리는 내게 달콤하기만 했었는데.

▽ Commis Chef. 주방 보조.

이제, 이곳은 어디를 걸어도 두려웠다.

아, 이곳은 우리가 같이 발견하고 좋아한 레스토랑인데.
아, 이곳은 취할 때까지 술을 마시던 와인 바인데.
아, 이곳은 우리가 맨발로 같이 걸었던 잔디밭인데.
(아, 이곳 바람에 날리던 네 긴 머리카락…… 아, 웅장한 알렉상드르 3세교를 썩썩하게 밟고 지나가던 너의 다리…….)

10년도 지난 작은 기억들이 생생하게 곳곳에 도사리고 있어 마음놓고 돌아다닐 수 없었다. 아무데나 버려진 공처럼 나는 점점 바람이 빠질대로 빠져가고 있었다. 하지만 언제까지 그런 감상에 빠져 있을 수만은 없는 노릇이었다. 그녀는 언제 끝날지 모를 치료를 계속 받아야만 했고 나는 현실로 돌아와야만 했다. 게다가 더이상 부모님과의 면회 시간을 뺏을 수도 없는 일이었다. 그렇게 남은 여름휴가를 그곳, 꼬샹 병원에서 보내고 다시 한국으로, 동해로 돌아왔다.

그녀는 병실에서 이메일이나 휴대폰을 사용할 수 없을 땐 편지를 보내오곤 했다. 병원 창밖으로 보이는 것들을 (며칠 동안 정밀하게) 그려서 보낸다던지 매주 골수를 빼는 주삿바늘이 들어올 때의 느낌이나 몰핀 주사를 맞고 잠들 때의 기분 같은, 죽음을 앞둔 자가 깨달을 법한 내용이 적힌 몇 줄의 말들이었다. 그녀가 지금 당장 절실해하고, 부러워하고 있는 최후의 단 한 가지는 건강한 사람의 시간이었다.

바이올리니스트와 영화배우

시간을 태워버린다 해도 아깝지 않았던 시절이 있었다. 누구에게나 주어진 무한한 감옥과 같이 하루하루가 곤욕스러웠다. 당장 어른이 되어 내 마음대로 하고 싶은데 매일 주어지는 스물네 시간은 좀처럼 사라지지 않았다. 나는 얼른 커서 학교에 입학하고 싶었다. 입학식을 앞두고 100일 전부터 달력에 지난날을 엑스 표시해가며 입학식 날이 하루빨리 오기를 얼마나 기다렸는지 모른다.

그리고 고대하던 학교에 들어갔다. 나와 같은 반에는 예쁜 원피스를 입고 학교에 오는 친구가 있었는데 매일 하교할 때면 그 친구를 데리러 오는 엄마 손에는 늘 바이올린이 들려 있었다. 학교가 끝나면 엄마 손을 잡고 바이올린 학원으로 가는 것이었다.

　비가 오는 날, 실내화 가방으로 머리를 가리고 뛰려는데 그 친구가 바이올린이 젖을까 엄마가 씌어준 우산 중앙에 바이올린이 오게 하여 고이 안고 걸어가는 모습을 지켜보고는 나도 바이올린을 배우고 싶다고 생각했다. 나에겐 그 모습이 적잖이 충격이었다. 선망이었다.

　후로, 엄마가 일을 마치고 돌아오기를 기다렸다가 떼를 썼다. 그때 나는 피아노 학원을 다니고 있었는데 엄마는 하던 공부를 더 집중해서 하기를 원했고 나는 피아노 따위는 그만두고 들고 다닐 수 있는, 소유할 수 있는 악기를 뽐내듯 가지고 다니며 연주하고 싶었다. 그러기엔 피아노는 너무 둔중하고 새까맸다. 몇 주간 울고 떼쓰던 시간이 지났을까, 엄마는 아파트 단지 안의 한 선생님을 만나 상의했고 나는 얼마 후 바이올린 학원을 다닐 수 있게 되었다. 그곳에는 한 사람이 겨우 들어가 보면대를 펴고 바이올린을 연습할 수 있는 방이 여러 개 있었는데 연습을 하는 동안만큼은 내게도 그 방 중의 하나를 허락해주었다. 아무도 침범할 수 없는 나만의 공간이 생겼다는 현실이 믿을 수 없게도 행복했다.

나는 연습실에 좀더 오래 머물고 싶어 연습에 몰두했다. 부모님은 새벽녘 일터에 가 저녁 늦게 돌아오셨기 때문에 지켜보거나 확인하는 사람이 있었던 것도 아니었다.

지금처럼 세월이 빨리 흐르는 것을 절감할 수 있는 시절도 아닌, 그저 이제 막 초등학교 생활을 시작했을 뿐이었지만 나는 연습시간이란 것이 주는 무한한 평화를 맛보았다. 작은 사각형으로 된 나만의 공간에 앉아 한 곡이 시작되고 끝날 때까지 악보의 정해진 규칙들을 따라서, 마치 주행하는 자동차가 신호등을 만나고 사거리를 통과하는 것처럼 규칙대로 손가락을 움직이고, 음들이 제시간에 맞춰 등장하고 사라지는 걸 듣고 있다보면 나만의 무대를 독차지하는 기분이 들곤 했다. 학교에 가서도 공부를 하려고 하면 허공에 악보가 떠다녔다. 그러면 책상 밑에 두 손을 놓고 왼손가락을 오른손 팔목 안쪽에 대고는 내 귀에만 들리는 바이올린을 켜다가 학교가 끝나면 다시 학원으로 돌아가 연습했다. 내게 초등학생 시절 대부분의 기억은 악보 안에서 희열을 만나는 환상과 함께 떠오른다. 어린 나이에 유명해진 장영주 같은 천재 바이올리니스트의 음악에 심취해 바이올린을 연습하고 있노라면 마치 새와 각별한 대화라도 나누는 듯, 친구들이나 가족들은 모르는 나만 아는 다른 나라 말을 하는 것 같아 기분이 좋았다.

몇 년의 시간이 그렇게 흘렀고 어느 날부터 집으로 오는 전화를 피해야 하며, 엄마 아빠가 집에 머무는 시간이 점점 더 줄어들고, 레슨비가 몇 번이고 밀리는 일이 반복될 때쯤, 연습실의 시간이 편하지만은 않았다. 다른 학생 부모님들은 자주 먹을 것도 사 오고 데리러도 오셨지만 우리 엄마 아빠는 몇 달 동안이나 찾아오지도 못했고 학원비를 대지도 못했다. 어디를 가든 나를 반기지 않는 것 같아 나는 위축되었다.

초등학교 4학년으로 진급하는 첫날이었다. 담임 선생님이 누군지 모른 채 공지표에 나온 학급으로 찾아갔다. 선생님이 오시길 기다리며 다들 친한 친구끼리 둘씩 짝을 지어 앉아 있을 때, 친구라곤 오직 바이올린 하나밖에 없어 수줍게 바이올린을 복도 끝 창가로 밀어놓고는 홀로 앉아 있을 때, 한 아이가 내 옆으로 와 털썩 앉았다. 그리고 세상 어두움이라곤 모르는 얼굴로 내게 인사를 했다.

"안녕. 내 이름은 지선이야."

"어. 안녕."

"네 이름은 뭐야?"

"수경이야. 윤수경."

어쩌면 난 그때 자신감이라는 게 무엇인지 배웠는지도 모른다. 둘씩 앉도록 배치되어 있는 책상에, 누군가 내 옆으로 와 앉았을 때 나는 적지 않은 만족감을 느꼈다. 그렇게 그녀는 내게 당당함을 선물했는지도 모른다.

그즈음 나는 영화를 만났다. 바이올린 연습을 하지 않으면 무엇을 해야 할지 모르기도 했고, 가구마다 빨간 딱지가 무섭게 붙은 어수선한 집이었지만 영화를 보고 있노라면 같은 공간의 세상일지라도 달라 보였다.

IMF라는 말이 돌면서 앞집 친구네는 밤 사이 짐을 싸서 사라져버렸고 그 친구는 영영 학교엘 나오지 않았다. 아랫집 아줌마는 사라져버린 그 집에 돈을 빌려주었다고 아파트 층층마다 소리를 지르며 그 집 엄마를 찾으러 다니기도 했다.

나는 영화를 점점 더 많이 보았다. 영화를 보고 있으면 세상의 어떤 모습이든 그게 비록 전쟁 같은 비참한 현실일지라도 왠지 견딜 수 있을 것만 같았다. 바이올린 연습보다는 영화 보는 게 좋아졌고 어떻게든 비디오 가게에 가서 영화를 빌려다 보는 시간들이 심장을 뛰게 했다. 미성년자 관람 불가 영화일지라도 어떻게든 대여할 수 있었다. 아저씨는 비디오를 빌려주며 우리 아버지가 보실 거라고 한 치의 의심 없이 생각했던 것이다. 그후로도 무엇을 빌리든 아버지 심부름이라고 지레짐작하셨다. 학교 친구들은 노란 비디오(고등학생 이상 관람)나 빨간 비디오(미성년자 관람 불가)를 빌리려면 수경이랑 같이 가야 한다고 했을 정도여서 친구들 부탁으로도 비디오 가게에 가곤 했다. 뭐든 마다않고 닥치는 대로 빌리고 보고를 반복했다. 하지 않을 이유가 없었다.

그렇게 점점 영화에 빠졌고 고등학교 입학 후 현실적인 진로 고민을 할 무렵에는 10년 넘게 꿈을 꾸며 노력했던 연주자의 길을 생각보다 쉽게 접을 수 있었다. 그때는 어째서인지 10년 넘게 해오던 일을 접고 다른 꿈을 꾸는 일이란 것이 어렵지 않았다. 아마도 그런 시대를 살고 있어서였겠지만 영화를 보고 있을 때만큼은 시대의 아픔이 빨리 지나갔다.

이전에는 빨리 어른이 되고 싶었지만 영화를 만나고부터

는 아니었다. 영화를 볼 수 있는 시간이 너무도 좋았다. 그렇게 줄곧 고등학교를 졸업할 때까지 내 정보망으로 알 수 있는 세상의 모든 영화는 다 보았고 어느 날 바이올린을 그만두고 영화배우가 되겠다고 했을 때 사람들의 황당해하는 얼굴들을 무심히 모른 체하는 것 역시도 영화의 힘이었겠다.

결국 나는 연극영화를 전공하기로 했고 우연히 영화 오디션에 합격하면서 스무 살 무렵부터 영화를 찍게 되었다. 그 이후로 썩 스타인 것도, 그다지 무명도 아닌 평범한 배우로 현재까지 살아왔다. 그리고 후로는 16년째 내 직업에 대해 별다른 의심을 해본 적은 없었다. 아니 어쩌면 그 반대로, 만족하며 살아온 쪽에 더 가깝다고 할 수 있다. 물론 가끔씩 내가 잘하고 있는 걸까, 배우를 하지 않았다면 어떤 삶을 살았을까 하는 의문이 찾아오긴 했지만 워낙 영화가 만들어놓은 세계를 좋아했고 연기를 하며 행복해했던 나날이 셀 수 없이 많았으므로 그런 의문은 며칠 새 사라지곤 했다. 그리고 가끔 일을 하지 않을 땐, 여행을 다니며 이것저것 사소한 취미를 발견하면서 살고 있었다.

그러던 어느 날 밤이었다. 괜찮다고, 잘 살고 있다고 생각했었는데 이대로 평생을 산다고 생각하니 잠이 오지 않았다. 억울한 기분 같기도 했다. 비교 대상이 되는 일과 그에 따른 걱정과 끝이 없는 버팀 속에서 마음을 졸이거나 풀어지다가 예고하지 않은 일이 벌어질까싶어 막막했다. 아무것도 계획할 수 없는 직업이 자유로워 좋았던 적도 있었지만 때때로 오로지 혼자라는 기분을 느껴야 할 때에는 그 사실이 더없이 무섭기도 했다.

'나는 정말 내 삶에 만족하는 걸까?'라는 문장이 섬광처럼 번쩍였지만 아무것도 할 수 없는 채로 도돌이표처럼 매일을 그 속에서 소비했다. 일도 여행도 무엇도 마음 편히 즐기지 못했다. 무엇 하나 새로울 것 없이 이렇게 나머지 인생을 살아야 한다고 생각하니 남은 시간이 소중하게 느껴지지 않았다. 그즈음 우연인지 필연인지는 모르겠으나 마치 인연처럼 서핑을 만난 것이다.

가능성의 나날들

20대 초반, 청춘의 시간은 오디션을 보러 다니는 일로 점철되었다. 오디션 시간은 다가오는데 버스는 오지 않고 가끔 택시라도 타게 되면 배를 곯아야 했고 끝나면 다시 집으로 가는 막차를 타러 뛰어다니고, 울고불고를 반복해야 했다. 절박하게 추운 겨울, 학교에서 집으로 오디션장으로 뛰어다니던 그날들을 돌이켜보며 다시 해보라고 한다면 할 수 있을까 의문이 들어 친구들에게도 물어보았다.

경찰이 직업인 친구에게 물어보면 경찰시험이 가장 어려웠다고 했고 의사인 친구에게 물어보면 대학입시가 가장 힘들었다고 했다.

"지금 다시 하라고 한다면 할 수 있겠어?"
라고 물으면,
모두들 대답은 하나같이 그랬다.
"아니."

그때는 해내던 것을 지금은 왜 하지 못하는 것일까. 지금 알았던 것을 그때도 알았더라면 어땠을까 하고 말하지만, 우리는 그때는 해낸 것을 지금은 하지 못하겠다고 말한다. 어쩌면 지금으로부터 10년 후에 지금은 당연스레 하고 있는 것을 못하겠다고 말하는 것은 아닐까. 점점 우리는 10년 전에 노력한 만큼 하지 못하는 건 아닐까. 그게 늙는다는 것은 아닐까. 지금 아는 걸 그때 알았더라면, 이 아니라 그때 할 수 있었던 것을 지금도 할 수 있다면, 은 어떨까.

아이를 낳은 친구에게 물었다.
"한 명 더 낳으라면 할 수 있겠어?"
"야, 나 정말 다신 못해."
"뭐가 제일 힘들어? 아기가 나올 때 그렇게 아파?"

"야, 그 몇 시간 힘든 건 참을 수 있어. 힘든 건 아기가 뱃속에 있을 때가 아니라 나온 이후라고."

난 아기를 가져본 적이 없어 잘은 모른다. 다만, 가끔 변해가는 그녀의 모습을 볼 때마다 정말 사람이 어떻게 저렇게 변할 수 있지 하고 놀랄 뿐이다. 뭐, 나쁜 점보다는 좋은 점이 더 많다고 할 수 있겠지만서도. 그런데 그 친구는 얼마 후 둘째를 임신했다. 여자가 엄마가 되는 건 인간, 그 이상의 길을 가는 것임이 분명하다.

지도를 따라서 갔을 뿐

샌디에이고에서 차로 한 시간 남짓 달리면 미국과 멕시코를 가르는 국경이 나오고, 그것을 넘기만 하면 다다를 수 있는 바하칼리포르니아수르주는 미국의 젊은이들이 서핑을 하기 위해 많이 찾는 곳이라고 한다.

"겨울이 되면 알래스카에서 내려오는 한기가 바다까지 내려와 물속은 우리나라 겨울보다도 더 추워."

미국으로 서핑트립을 떠났다가 돌아온 친구들은 하나같이 그렇게 말했다.

캘리포니아는 1년 내내 따뜻할 줄 알았는데 보기와는 다른 곳이었다. 그래서인지 모터홈을 끌고 북쪽에서부터 내려와 미국을 거쳐 멕시코까지, 겨울을 나러 떠나는 서퍼들이 많았다. 그들은 모터홈에 먹을 것과 서핑보드를 싣고 바다를 따라 내려오며 마음에 드는 파도를 만나면 모터홈을 정박하고 서핑을 감행한다. 샌프란시스코에서 캘리포니아를 따라 캘리포니아 아래쪽 대륙인 멕시코 반도를 지나 중미 코스타리카, 남미 페루와 칠레까지 이어지는 해안은 언제나 파도가 끊이지 않는, 전 세계의 서퍼들이 입맛을 다시는 황금라인이다.

모터홈을 끌고 반려견과 둘이서 알래스카에서부터 미국 말리부와 샌디에이고를 거쳐 멕시코 바하칼리포르니아수르주의 토도스 산토스 지역 한 바다로 막 들어선 사람을 만난 적이 있었다. 그는 긴 레게머리를 하고 모터홈 책상에 앉아 노트북을 펼쳐놓고 있었고, 엄청 큰 덩치를 자랑하면서도 순하기만 한 골든 레트리버는 줄곧 그의 옆에서 졸고 있었다.

서핑을 하고 숙소로 돌아가려는 저녁이었다. 차의 시동

을 거니 바퀴가 모래사장에 점점 빠져들어 못 살겠다 씩씩
대며 모래를 파내고 있는 것이 아닌가. 그 바다에서 숙소까
지는 40분 남짓을 달려야 했는데 해는 지고 있고 멕시코의
밤 운전엔 자신이 없어 가슴이 쿵쾅거렸다. 아무런 도구도
기술도 없는 내가 지금 무엇을 해야 하는지 도무지 생각나
지 않아 자동차 앞에 주저앉았다.

그때 그 친구가 다가와 바퀴 뒤의 모래를 퍼내며 달래듯
이 외쳤다.

"It's OK."

그 젊은 청년은 어째서인지 행색만으로도 사람의 마음을
금방 편안하게 만들었다. 그애는 이런 일은 백 번쯤 겪어봤
다는 듯이 삽을 가져와 모래를 푸고 주위에서 나무를 주워
왔다. 파낸 모래와 쌓인 모래 위, 경사진 곳에 나무를 잇대어
차바퀴가 굴러갈 길을 만들고는 시동을 걸어보라고 말했다.
그의 말을 따르자 아까와는 다른 안정적인 소리를 내며 언
제 그랬냐는 듯이 널빤지를 쭉 밟고 올라서 부드럽게 모래
사장을 빠져나오는 것이 아닌가. 아, 이렇게 간단한 일이었
나. 나는 얼굴이 빨개져서는 고맙다고 말하며 급하게 차 안

을 뒤져 라면을 하나 건넸다. 얼마 안 남은 피 같은 라면이었지만 아깝지 않았다. 사실 남은 라면을 다 주어도 모자란 일이었지만 앞으로 3주간을 멕시코에서 보내야 했기에 총 두 개 남은 한국 라면 가운데 하나만을 준 것이었다. 하지만 착한 그 아이는 그것만으로 고맙다며 자신은 알래스카에서 투어 서비스 일을 하며 살고 있다고 말했다. 그곳에서 태어났다고도. 나는 언젠가 알래스카에 여행 가면 그에게 연락하겠다고 말했다. 추운 그곳에 갈 일이 있을지는 모르지만, 진심이었다.

그를 만난 후로 나는 차바퀴 빠지는 것쯤은 금방 해결할 수 있는 사람이 되었다. 후로 사막이 이어지는 멕시코 일주는 계속되었고 바퀴는 가끔씩, 지쳐서 더는 못 달리겠다는 신호를 보내왔다.

청명한 밤하늘이 펼쳐지는 시간. 멕시코의 별들은 땅으로 쏟아질 준비를 한다. 멕시코의 선인장들은 잠시 뜨거운 태양에서 벗어나 밤 목욕을 즐기고 있다. 나는 울다 지친 아이처럼, 곤히 잠든다.

토도스 산토스는 멋진 식당들과 값비싼 호텔들이 즐비한 곳과는 거리가 있는 아주 소탈한 분위기의 동네이고, 아기자기한 상점들이 굉장히 많았다. 취향이 맞는 사람들이 모여 거리 분위기를 만들었고, 예술가의 정서가 있는 마을이기도 했다. 그림을 그리는 화가가 꾸린 상점과 살짝 술에 취한 주인이 와인을 파는 와인 창고가 있었고, 한가로워 보이는 카페트 가게에서는 여인이 옛날 멕시코 방식 그대로 카페트를 만들고 있었다. 이곳에서 나머지 날들을 다 보내는 건 어떨까 하는 고민이 들 만큼 마음에 드는 마을이었지만 나는 애초에 멕시코에 온 이유를 얼른 떠올렸다.

스콜피온 베이에 가기 위해서였다. 그곳을 어떻게든 눈으로 확인해보고 싶었다. 세계에서 가장 긴 파도가 온다는 바다, 마치 계단식 농작을 하듯 파도를 만들고, 오는 간격 또한 일정하며, 파도가 부서지는 모양은 그전의 것과 그후의 것이 똑같이 이어져, 자연이 과연 이럴 수 있는 것인지에 대한 의문에 정말로 눈이 휘둥그레진다는 곳.

토도스 산토스에서의 마지막날엔 멕시코산 화이트와인

에 취했다. 그리고 다음날 아침 눈을 떠 구글 맵을 켜고 가고
자 하는 곳까지의 여정을 다운로드한 다음 아침식사를 끝내
고 짐을 싸서 긴 운전을 시작했다. 구글 맵을 잘 따르고 있긴
했지만 두어 시간가량이 지나자 이상한 산속으로 들어가고
있었다. 아, 멕시코는 아직도 이런 길로 사람들이 차를 몰고
다니는구나 하는 생각이 들었다. 멕시코인에 대한 경외심마
저 생길 정도로 어마무시하게 큰 돌만이 깔린 길이었다. 그
리고 그 길은 몇 시간을 운전해도 끝나지 않았다. 타이어가
터지지 않을까 걱정이 되어 조심조심, 속력을 내지도 못하
고 운전을 하다가 중간에 스무 마리 정도로 떼를 지어 다니
는 개들을 보기도 했고 뿔이 달린 소를 만나기도 했다. 그때
마다 겁이 났지만 겁이 나서 그대로 얼어붙어 있다가는 해
가 저물어 이 산속에서 밤을 보내야 할지도 모른다는 생각
에 살기 위해 꾸역꾸역 차를 몰았다.

　일곱 시간 동안 쉬지 않고 운전을 했고 멀리 바다가 보이
며 도로가 나타났다. 거의 다 왔다는 구글 맵 신호에 안심되
었고 눈은 한없이 바다를 고마워했다. 그 풍경은 사진 같았
다. 거짓말이 아니었다. 지구가 멸망했지만 사람이 살 수 있

는 곳이 있다고 하여 그곳을 찾아 나섰고 거기에 진짜로 사람이 살고 있더라는 식의 영화 속 인물을 연기하라면 난 이곳을 떠올릴 것이다.

이곳에서 서핑을 하면 도대체 어떤 기분일까. 준비도 안 되었지만 옷을 입고서라도 보드와 함께 물에 뛰어들고 싶은 감정을 억누르며 숙소로 향했다. 오랫동안 운전을 해서 배도 고팠고 짐을 풀어 슈트도 꺼내야 했다. 가장 중요한 것은 호텔 리셉션에 보내놓은 도착시간이 이미 몇 시간이나 지났기 때문에 당장 숙소로 가지 않으면 방이 취소될 것만 같았다. 작은 마을에 호텔이라곤 딱 하나 있었기 때문에 그렇게 만들 수는 없었다. 아쉽게도 해는 뉘엿뉘엿 지고 있었지만 그 짧은 시간에 수백 번 마음을 다 잡았다. 리셉션에 도착하자마자 미안한 마음에, 서둘러 왜 늦었는지를 설명했다.

"구글 맵이 안내하는 대로 왔는데 우리가 지나온 길은 산길에 일곱 시간 내내 오프로드였던데다가 그냥 SUV로는 다닐 수 없는 큼지막한 돌들이 가득찬 산이었어. 네 시간도 넘게 껑껑거리며 넘어왔어. 정말 목숨걸고 왔다니까. 산속에서 만난 소떼는 내가 알던 소떼가 아니야. 무법자 포스를 뿜으며 다가오더라니까. 게다가 들개가 여기저기 무리지어 다니는데, 아무데서나 용변을 봤다가는 들개한테 엉덩이를 물어뜯겼을지도 몰라. 심지어 여기저기에 무참히 펑크 난 타이어가 버려져 있는 걸 봤어. 그럼 그렇지. 어떻게 그 길을 뚫고 오는데 타이어가 성했겠어? 돌아갈 때에도 그 길을 가야 한다고 생각하니 아득하기만 해. 돌아갈 땐 타이어 몇 개라도 사 들고 나가야 할 것 같아. 타이어 파는 곳은 있는 거지?"

"……타이어를 사러 나가려면 세 시간은 운전해야지. 그런데 이상하다. 새 도로가 생긴 지 두 달이 지났는데 아직 구글 맵에 없었던 거야?"

세상은 넓고 도로는 많고 구글은 바빴다. 아는 길도 물어 가라는 명언은 이럴 때를 두고 하는 말이었다. 한동안 어안이 벙벙했지만 정신을 차리고 물었다. 일단 잘 도착했으니 된 거고, 한 시간이라도 서핑을 한 후 저녁을 먹을 요량으로 말이다.

"몇시까지 서핑할 수 있어? 일몰시간은 언제쯤이야?"

"글쎄, 여름에는 새벽이나 아침까지도 서핑을 하는데 요즘은 그냥 사람들 나름대로야. 해 지고 한두 시간까지는 무리 없을 거고."

지금은 여름이 아니었다.

"아니, 밤에 서핑을 한다고? 어둡지 않아? 불을 켜고 하는 거야?"

"이곳은 달이 가까워. 특히나 여름에는 달이 더 밝아서 다 보여."

"말도 안 돼."

나는 그때까지만 해도 그애 말을 믿지 않았다. 그리고 바다로 뛰어갔다. 그리고, 정말 이렇게나 밝은 달이 있는 줄은 꿈에도 몰랐다. 그의 말대로 해는 뉘엿뉘엿하더니 곧 수평선 너머로 사라졌고, 해만한 달이 내 머리 바로 위에서 땅에 닿을 듯이 비추고 있어 모든 것들이 보였다. 그야말로 밤에 노란색 커다란 조명 하나를 켠, 딱 그만큼의 조도였다. 거리엔 가로등 하나 없었고 그래서인지 달은 유난히 더 밝았다.

밤에 달로 조명을 켜놓은 바다라니 믿을 수가 없었다. 함께 온 친구를 붙잡고 말했다.

"말도 안 돼. 정말 말이 안 되지 않아?"

"달이 이런 거였구나."

"우리는 오늘 달을 처음 본 건지도 몰라. 그동안 이 녀석의 그림자만 본 건지도."

슈트로 갈아입고 바다로 들어갔다. 해와 같이 밝은 달, 춥지도 덥지도 않은 날씨와 밤바다에 들어가기 딱 좋은 수온까지 더할 나위 없었다.

그런데 얼마 지나지 않아 무언가 발을 스쳐지나갔고 곧이어 상어 지느러미 같은 삼각형의 무언가가 지나가는 게 보이기 시작했다. 하나둘도 아니고 몇 마리나 내 주위를 돌고 있었다. 나는 아무 파도나 잡아타고 육지까지 나 살려라 뒤도 안 돌아보고 탈출했다. 내가 살아 있음을 느낄 새도 없이 지나가는 어부를 붙잡고 말했다.

"이곳에 상어가 있어! 나 상어를 봤어! 말도 안 돼. 상어가 있다고 왜 아무도 말을 안 해주는 거야?"

"정말이야? 난 아직 단 한 번도 본 적 없어. 여기서 56년을 살았지만."

"지느러미가 지나다니는 걸 봤어. 내 발을 스쳤다고. 정말이야!"

"정말? 요즘 돌고래들이 와서 새끼를 낳는 철인데. 혹시 돌고래는 아니니? 허허."

호들갑을 떨었던 내가 창피함과 당황스러움에 아무 말도 하지 못하는 사이, 그는 사람 좋은 웃음을 웃으며 오늘의 고기잡이를 끝내고 집으로 돌아갔다.

나는 잠시 멈추어 앉아 하늘을 보았다. 달은 해만큼이나 밝았고 그 아래에서 돌고래들은 뛰어놀았다. 낯선 곳이라고 무서워할 이유도, 서핑이 급할 이유도 없었다. 오늘이 아니면 내일이 있었다.

지구는 둥글고 자연은 공평한 줄 알았지만 여행을 할수록 그렇지 않다는 것을 느낀다. 오로지 지키는 자에게만 허락된 것, 그것이 자연의 법칙 아닐까. 그리고 그것이 진짜 하늘이 내려준 공평한 이치가 아닐까.

겨울이 없는 나라에서
아주 오래

가지런한 파도가 하루종일 들어오는 바닷가, 스콜피온 베이는 전 세계에서 가장 긴 파도가 오는 10대 포인트 중 하나로 꼽힌다. 협곡이 네 개가 있고 간조에는 1번과 2번, 만조에는 3번과 4번 포인트에서 탈 수 있기 때문에 하루종일 서핑하려고 마음만 먹는다면 할 수 있는 곳이다. 물론 숙련된 서퍼라면 두 시간 동안 파도 백 개도 탈 수 있는 곳이기도 하다. 1번과 2번은 비치 브레이크▽이고 3번과 4번은 리프 브레이크로 기억된다. 파도 크기가 협곡을 넘을수록 커져 점점 베럴▽이 생기는 곳이다. 나는 두번째 포인트인 비치 브레이크에

▽ 모래로 된 해변의 서핑 포인트.
▽ 크고 일정해 동그란 원통 모양을 만들어내는 파도.

서 허리 높이의 길고 긴 파도를 탔고, 밤이 되었다.

친구와 함께 동네에 하나밖에 없는 버거집이자 바에 가서 어김없이 멕시코산 테킬라를 마셨다. 나는 멕시코에 도착하기 전까지 테킬라가 그렇게나 다양하게 있는 줄은 상상도 못했다. 우리나라의 소주와 막걸리의 종류를 합치고 집집마다 담가놓은 매실주와 인삼주를 다 꺼내보아도 이들의 테킬라 종류보다 적을 것이다. 마시는 법도 각양각색이었다.

우리말고 손님이 두 테이블 더 있었는데, 그중 멕시코 아주머니는 연세대학교 티셔츠를 입고 있었다. 한국에 아들을 교환학생으로 보냈다며 우리를 보고는 마치 자식을 본듯이 반가워하며 테킬라 먹는 법을 가르쳐주었다. 이 조용한 마을에서 한국에 아들이 있다는 친절한 어머니를 만나니 기분이 좋았다. 그렇지만 나도 술깨나 마셔본 사람으로서 테킬라 마시는 법을 모를까. 하지만 한국 아저씨들의 소주 마시는 법이 다양하고 심오하듯 멕시코 아줌마의 테킬라 마시는 법 또한 그랬다. 먼저 테킬라를 잔에 따르고 레몬을 컵 주둥이에 360도로 돌려가며 적신 다음 손등에도 적신다. 레몬을 적신 손등에 설탕과 커피를 뿌린다. 그리고 테킬라를 원 샷하고는 손등을 핥고, "비바 멕시코"를 외쳐야 한다. 수많은 소주 마시는 법이 그렇듯 이 또한 새로울 것이 없지만 가르쳐주는 사람은 언제나 심오하다. 좋은 분위기 탓에 과음을 한 것인지 다음날 아침이 되어서야 멕시코의 엄마들과 함께 밤을 보냈다는 사실을 실감할 수 있었다. 몽롱한 정신으로 일어나 바다로 향했다.

바다로 가면 굼뜬 정신에도 다시 기운이 돈다. 여행 분위기로 잠시 느슨해졌지만 다시금 긴장감이 돌고 밤새 건조했던 몸에 수분이 차오르는, 미네랄 마사지를 받는 것만 같은 기분이다. 늘 바다는 고맙게도 그렇다.

스콜피온 베이에서 난 내 서핑 인생 처음으로, 꿈에 그리던 스텝을 밟았다. '행 텐'이라는 서핑 기술인데, 두 발을 보드 앞쪽 끝에 걸고 나머지 뒤쪽은 물의 무게로 수평을 맞추는 기술이다. 단 한 번도 내 인생에 일어날 것 같지 않은 일이었지만 꾸준히 연습하던 기술이었다. 마스터급 수준의 묘기를 흉내내보았던 것인데 어쩌다보니 잘 돼서 감격스러워 하마터면 울 뻔했다. 정말 할 수 있으리라고 생각도 못했는데, 그게 여기서, 지금, 되고 있다. 마치 어느 날, 생각지도 못한 순간 자전거가 타지듯 자연스럽게 말이다. 춤추듯 걸어가서 보드 끝에 발가락을 걸어 물을 움켜쥐는 듯한 그 느낌은 마치 내가 인어로 변신해, 물속 세상에서 인정받은 육지의 인간이 된 것만 같았다.

다시 밤이 되었고 모래사장에 누워 하늘을 보고 있으니 플라네타륨 조명 아래에 누워 있다는 착각이 들 정도로 하늘이 가깝게 보였다. 그래서 더 꿈을 꾸는 것 같았는지도 모른다. 이곳 협곡의 언덕에는 미국 캘리포니아의 차가운 바다를 피해 내려온 서퍼들이 모여 바다를 마주하고 있다. 그들은 텐트를 치고 이불을 펴고, 쏟아지는 별 사이로 불을 피워놓고, 그 불에 차를 끓이고 있었다. 아름다운 유목민들.
이곳 멕시코에는 푸른 나무는 많이 없지만 대신에 밤이 돼도 습하지 않아 좋았다. 밤이면 모닥불을 피워놓고 앉아 도란도란 이야기하다 잠이 들면 더이상 아쉬울 게 없었다. 겨울이 없는 나라는 좋겠다. 어디서든 이렇게 누울 수 있으니.

두번째 파도를
기다렸고

두번째 인생은 어떻게 살고 싶은가요?

어느 날, 파리에서 전화가 왔다. 지선이 심하게 아픈 후로 1년쯤이 지났을까. 하늘이 우리를 용서하기로 한 것인지 기적처럼 그녀의 건강이 호전되어 골수 이식이 가능할 정도가 되었다고 했다. 이제 골수만 찾으면 되는데 일단 남동생의 골수를 검사해서 적합한지의 여부를 알아볼 거라고 했다. 그 녀석은 누나와는 다르게 점잖고 침착한 분위기를 가진 친구였는데, 결국엔 골수까지도 친절했다. 몇 주 후 모두의 떨림과 기대 속에 골수 일치 판정이 나왔고 동생은 회사에 사정을 알린 뒤 휴가를 내고 파리로 향했다. 수술 후, 이식자들 대부분이 겪는 이상반응 하나 없이 차도를 보여 지선이의 건강은 급속도로 좋아지기 시작했고 몇 달 후 오랜 시간

비워둔 자신의 집으로 돌아와 통원 치료를 시작했다.

그후 그녀는 자신이 조금은 다르게 살아야 한다고 생각했던 것 같다. 반려동물에 관심도 없던 그녀가 고양이 한 마리를 입양해 키우기 시작한 것이다. 이름은 '블레'로 정했다. 그리고 블레와 함께 사는 삶에 적응할 무렵 불쑥 그녀는 다시 빵 만드는 일이 하고 싶다고 했다. 다시는 파리에 살고 싶지 않다고 했던 그녀였지만 산을 오르다 정상을 눈앞에 두고 한여름에 내린 눈에 미끄러져 내려온 듯한 커리어를 가진 그녀였으니 미련이 남지 않을 수 없었을 것이다. 그녀는 아픈 이후로 고기는 아예 먹지 않는 비건이 되었고 밀가루조차 잘 먹지 않는데, 다시 파티시에 일을 할 수 있을까 걱정되었다. 그치만 다행히도 그 몇 년 사이에 파리의 요식업계 또한 변해 있었다. 미슐랭 레스토랑들의 판도조차 유기농과 자연식 위주로 바뀌고 있던 터라 그녀가 만드는 글루텐 없는 디저트라든지 유기농 과일과 채소를 재료로 사용한 디저트들이 인기를 끌기 시작했다는 것이었다. 게다가 좋아하지도 않으면서 그런 걸 만드는 사람보다 실제 모든 음식을 비건식으로 먹으며 즐기는 지선이는 훨씬 더 기발한 아이디어를 많이 가지고 있을 수밖에 없었다. 덴마크의 어느 스리스타 미슐랭 레스토랑에서는 하얀 쟁반에 삶은 당근을 올리고 흙처럼 생긴 소스를 뿌려 데코해 마치 흙에서 뽑아올린 당근을 먹는 듯한 플레이팅으로 인기를 끌었다는 이야기를 전하며, 지선이는 일자리를 찾아 인터뷰를 다니기 시작했다. 그리고 3년 만에, 병을 앓기 전의 고지였던 투스타 미슐랭 레스토랑의 페이스트리 셰프가 되었다. 모두가 반가워하고 좋아했지만 나는 자기의 삶을 앗아갈 뻔했던 파리에 다시 남겠다 결심한 그녀가 도무지 이해되지 않았다.

"왜 다시 파리에서 일을 하겠다는 건데?"

"이미 인생의 반을 살았는데 갑자기 다른 곳으로 가고 싶다고 해서 갈 수 있는 건 아니란 생각이 들어서야."

"왜 갈 수 없는데?"

"넌 어딘가로 가서 아무것도 없이 다시 시작하라고 하면 할 수 있어?"

"아무것도 없는 게 아니잖아? 네 요리 실력이면 일할 수 있는 식당은 어디에나 널려 있잖아."

"파리말고 다른 곳에서 살아본 적이 없는데 당장 어디로 갈 수 있겠니?"

"좀, 공기도 좋고 여유로운 곳으로 가서 살면 안 돼?"

"모두 다 너와 같을 순 없어. 게다가 난 아직 해보지 못한 일이 있잖아. 여기가, 지금이 너무 아까워서 그래."

난 그저 그녀가 더 안전한 곳에서 살면 좋겠다고 생각했다. 내가 아는 파리는 그녀에게 더이상 안전하지 않았다.

"나는 코스타리카로 갈 거야. 가서 한동안 서핑이랑 요가를 하다 올 계획이야. 너도 머리 식히러 와. 그리고 네가 살아야 할 곳이 파리가 아닌 다른 곳일 수도 있다는 걸 같이 생각해보자."

"코스타리카라고 했니? 그럼, 나도 가야지. 가서 얘기하자."

그녀가 정식으로 일을 시작하기 전, 우리는 함께 코스타리카를 여행하기로 했다. 내가 먼저 도착했고 며칠 후에 그녀가 도착했다. 우리가 머문 곳은 산타 테레사라는 마을이었는데, 산호세공항에서 버스를 타고 두어 시간을 가다가 다시 페리로 한 시간 강을 건너, 다시 한 번 버스를 타고 세 시간 정도 달리면 도착하는, 할 수 있는 것이라고는 오로지 서핑과 요가가 다인 곳이었다. 그녀는 군말 없이 장시간을 버스와 페리를 갈아타고는 예전과는 다른 숏커트의 헤어스타일에 바싹 마른 몸을 하고 나타났다.

3월, 중미의 코스타리카는 여행의 최적기였다. 4월 말부터는 우기가 시작되어 축축해지고 파도도 볼품없지만 11월의 가장 큰 우기가 끝나면 서서히 건기가 시작되어 1월부터 4월까지는 박물관에 걸려 있는 명화에서나 볼 법한 완벽한 날씨가 이어진다. 나는 운이 좋게도 3월에 이곳에 도착했다. 도착하고 나니 한 달 입을 분량의 옷을 가져온 내 자신이 이상해도 이렇게 이상할 수가 없었다. 어디를 가도 옷을 제대로 입고 다니는 사람은 드물고 수영복에 사롱▽을 걸치는 정도가 대부분이었다. 아침 서핑이 끝나고 수영복을 말리면 뜨거운 햇빛 덕에 한 시간도 지나기 전에 마르기 때문에 수영복 두 벌에 사롱 하나만 있다면 한 달 동안

▽ 남녀 구분 없이 허리에 두르는 천.

입을 걱정 없이 지내는 것은 당연하거니와 신경쓸 일이 반으로 줄어들었다. 슈퍼마켓에 가도 식당에 가도 마찬가지로 이곳이 바닷가 마을이라는 것을 상기시키는 광경이 벌어졌다. 누구나가 옷을 입지 않고 활보했다. 어딜 가도 상상했던 것보다 더 많이 자유롭고 기대했던 것보다 훨씬 건강한 기운이 잠재된 곳. 산타 테레사라는 마을이 서핑과 요가의 성지가 된 이유는 어쩌면 이 작은 마을에 믿을 수 없을 만큼의 거대한 에너지가 있기 때문이 아닐까 생각해보았다. 나는 그 기운을 조금이라도 받고 돌아가야 할 텐데 하고 순간순간 생각하며 숨을 더 많이 들이마시곤 했다.

마트에서는 상처 난 채소나 과일이 많지만 애써 상처를 없애고 깨끗한 상품들만 진열해놓지 않았다. 그저 생긴 그대로 차려놓는다. 세계 제일의 자연 강국이라는 말 그대로 꾸미지 않은 모습이었다. 그 어떤 모난 채소와 과일에도 왠지 모를 자신감이 배어 있었다. 아스팔트로 길을 정비하지는 않았지만 지저분하다는 인상이 들지 않는다. 길가에 쓰레기는 찾아보기 힘들고 바닷가 모든 쓰레기는 곳곳의 쓰레기통에 집합해놓았다. 3월 말이면 이 나라에도 긴 연휴가 있어 자국민 관광객이 산타 테레사를 참 많이 찾지만 그럼에도 쓰레기는 볼 수 없었다.

그에 반해 아이들과 개는 참 많다. 아이를 하나 낳으면 아이 돌보는 개 둘을 같이 기르는 건 아닌지 의심이 들 정도로 아이들도 많고 개들은 더 많았다. 그러나 주인 없는 개는 하나도 없었다. 그리고 그 어느 개도 목줄을 하고 있지 않았고 사람을 보고 짖거나 달려들지 않았다. 평온하고 해맑을 뿐 사람에 대해 적대적인 개는 눈을 씻고 찾아봐도 없었다. 거리엔 개와 사람이 공존하고 있었다. 발리에 머물 때는 이른 새벽이나 저녁에 홀로 바닷가 산책을 하다가 큰 개를 만나 개가 짖기라도 하면 조금은 무서울 때도 있었지만 이곳에서는 그렇지 않았다. 그래서인지 더욱 새벽 시간이 좋아지는 곳. 한여름의 새벽은 고요한 천국과 같으니.

자고 있는 지선이를 깨웠다. 새벽 5시면 눈을 뜨고는 수영복을 입고 선크림을 잔뜩 바르고 물을 마신다. 그리고 방문을 잠그고 나와 문 앞 돌 밑에 열쇠를 숨기고 보드를 챙겨 바다로 간다. 파도가 보이면 바르게 서서 숨을 쉰다. 한참 파도를 쫓으며 만약 저 파도를 탄다면, 하고 숨을 고르고 상상 속에서 올라타고 파도가 끝나면 다시 내려오고……. 그러기를 반복하다가 기지개를 켜고 골반을 스트레칭하고 근육을 풀고 쇼어 브레이크▽가 끝나길 기다렸다가 물로 뛰어든다.

서핑을 마치고 방으로 돌아오면 아침 8시 즈음이 된다. 이곳의 8시는 해가 따가워 서핑을 하기엔 두려워지는 시간이다. 마치 의식을 치르듯, 현기증이 나기 전에 아침을 먹는다. 젖은 수영복을 빨아 널고 새 수영복으로 갈아입고 모자와 선글라스를 쓰고 햇빛을 가리기 위해 사롱을 몸에 휘감은 다음, 책 한 권과 맥주 한 캔을 챙겨 바다로 간다. 그늘을 찾아 사롱을 벗어 모래사장에 펴고 앉아 파도를 보며 맥주 캔을 딴다. 맥주를 반쯤 마시면 잠이 몰려온다. 그러면 책을 펴 얼굴을 덮어 해를 가리고 덜 잔 잠을 마저 잔다.

잠에서 깨면 다시 배꼽시계가 울린다. 동네의 코스타리카 전통식 식당에서 백반을 먹는다. 늘 그렇듯이. 그렇게 점

▽ 해안가 인근에서 부서지는 파도.

심을 먹은 뒤 책을 읽고는 해가 지기 두 시간 전, 다시 바다
로 뛰어든다. 두어 시간 서핑을 마치고 돌아와 샤워를 하는
데 이번엔 머리도 감고 수영복도 다시 빤다. 그러고는 모기
에 물리지 않을 만한 옷을 입고는 저녁 요가를 하러 나간다.
요가 교실 '젠'의 카린 선생님 시간이 좋아 그녀의 수업은 꼭
들으려고 한다. 요가가 끝나면 같이 요가를 들었던 친구들
끼리 돈을 걷어 장을 보고 학원 주방에서 다국적 요리를 해
먹고는 수다를 떨다가 헤어진다. 대부분 코스타리카와 산타
테레사에 대한 찬사 아니면 각자의 나라에 대한 불만들을
이야기한다.

벌써 저녁 10시다. 곯아떨어질 시간. 내가 서핑을 할 때면
지선이는 바다를 뛰어다녔다. 언제 아프기라도 했었나 싶을
만큼의 에너지로 굉장히 큰 보폭을 자랑하며 모래사장을 이
리저리 누볐다. 깡마른 몸매에 새벽 5시부터 조깅을 하는 그
녀라니, 아무것도 변하지 않았다고 할 수는 없겠다.

모든 것이 꿈같을 때가 있다. 내가 지금 이곳에 있는 것도,

배우가 된 것도, 서핑을 하고 있는 시간도, 힘들었던 마음이
아물어 다시 아프지 않을 때에도. 돌이켜보면 불과 몇 년 전
일들이, 내가 겪었던 일이 마치 내가 겪은 게 아닌 것처럼 과
거가 된다. 시간은 붙잡으려 하면 할수록 손안에서 녹는 눈
처럼 물이 되어 흐른다. 그녀가 머물기로 한 2주간의 시간
이 벌써 바닥이 났다.

그녀는 파리로 돌아갔다.

작고 소박한 마을

　　파보네스 바다가 보이는 숙소라니. 생각했던 것보다 더
아름답다. 방에 가득한 나무 향기는 후덥한 날씨를 잊게 해
준다. 숙소 식당에서 만난 타히티에서 온 프랑스인 아저씨
는 코스타리카에 산 지 4년째이고 '솔 이 루나'라는 게스트
하우스를 운영하고 있다고 했다. 그는 지금이 코스타리카를
여행하기에 최적의 시기라고 했다. 그러나 10월과 11월엔
비가 너무도 많이 와서 그때에는 본인도 코스타리카를 떠나
있는다고 했고 우기가 끝나면 상상 이상으로 뜨거워서 지금
처럼 밖에 앉아 있지도 못한다고 했다. 정말로 지금이 적기
인 듯했다. 낮이면 야외 테라스에 앉아 음료수 한 모금이면
시원함을 느낄 수 있었고 오랫동안 바다에 들어가 있어도

춥지도 덥지도 않으니 말이다.

언제부턴가 여행을 떠나기 전에 검색창에 'best place for surfing in april?'를 입력하기 시작했다. 장소가 중요하다기보단 '언제 어느 때 그곳에 가는 것이 좋은지'가 중요하게 된 이후로 그렇다. 먼 코스타리카에 부푼 꿈을 안고 왔는데 비만 오거나 너무 더워 돌아다닐 수도 없으면 그게 뭐란 말인가. 인터넷으로 구글 검색을 하면서 알아보는 방도밖에 없으니 도착을 하고 보면 2주 전까지 시기가 좋았다거나 2주 후가 좋을 거라거나 하는 경우도 더러 있었다.

코스타리카에 사는 게 프랑스인에게는 어떤 패션 같은 것이 되었다고 그가 말했다. 힙한 인생을 좇는 사람들. 파리의 칙칙함과 비싼 물가와의 전쟁으로부터 떠나서 이지라이프를 살며 자신을 돌보는 일. 그 꿈을 거머쥐고 싶은 이들은 비단 프랑스 사람들만은 아닐 것이다. 내가 이곳에서 만난 수많은 유럽 사람들 모두가 간절히 코스타리카에서 살고 싶어했다. 돌아가면 비자를 알아볼 거라고 했고 비자를 받지 못

한다면 3개월에 한 번씩 가까운 니카라과에 다녀오면 된다고 말하기도 했다. 어떻게든 많은 사람들이 이곳에 남기 위한 방법을 찾으며 뒤로 사라지는 시간을 아까워하고 있었다. 전 세계 사람들이 지쳐 있다고 해도 과언이 아니었다. 빠르고 바쁘고 비싼 것들 속에서 누구든 숨쉬기조차 쉽지 않다는 사실을, 자구책을 찾는 그들을 통해 넘겨다볼 수 있었다.

파보네스 해변은 사진 한 장만 보고 반해버린 곳이다. 이곳은 스콜피온 베이처럼 일정한 파도가 반대쪽으로 오는 레프트 파도의 공장이며 리버마우스▽가 입을 벌린다.

이곳에 모인 사람들은 대부분 서핑을 하며 조용하게 살고 싶어하는 사람들이었다. 그들은 20대 초반부터 60대까지 다양하다. 서핑을 사랑하고 시골의 삶을 즐긴다는 공통점을 가지고 있고 모두들 서핑이 끝나면 하나밖에 없는 바에 가서 맥주 한잔을 한다.

▽ 바다의 물이 해류가 강한 쪽으로 흘러들어가면서 일정하게 파도가 깨지는 곳.

내가 잡은 숙소의 앞쪽으로는 파도가 있고 뒤쪽으로는 바가 있었다. 참 완벽하다고 생각하면서도 혹시나 시끄러워서 잠을 못 자는 건 아닐까 걱정도 했지만 역시 서퍼들의 마을답게 저녁 9시가 되면 사람들은 어딘가로 뿔뿔이 흩어지고 이내 조용해진다.

침대에 누워 오늘 하루의 일들을 생각했다. 서핑을 하다 바다에서 만난 사람들의 대부분을 마트에서 보거나 식당, 바에서 다시 마주쳤다. 그들은 나를 포함해 서로가 서로를 알고 있었다. 참 작고 소박한 마을이다. 내일은 조금 더 인사이드로 가서 라인업을 해야겠다.

춤

바다에서 만난 한 아이가 묻는다.

"서핑할 때 기분이 어때?"
"그냥 좋아."

대답하고 나서 더이상 할말을 찾지 못하고 있었다. 어째서
좋은 대답을 해주지 못했을까 하며 혼자서 한참 동안 생각하
다가, 아, 〈빌리 엘리어트〉 그 영화! 하고 손뼉을 딱 쳤다.

영화 속에서 런던으로 오디션을 보러 간 빌리는, "춤을 출
때 어떤 기분이야?"라는 질문에 이렇게 대답했다.

"그냥 기분이 좋아요. 긴장되기도 하지만 일단 추기 시작하면 모든 걸 잊어버려요. 그리고 사라져버리는 것 같아요. 내 몸 전체가 변하는 기분이죠. 마치 몸에 불이 나고 나서 그저 한 마리의 새가 되어 나는 것 같아요. 마치 감전된 것처럼."

내겐, 서핑이 그렇다.

어떤 좋은 꿈을 꾸고 나서 '이게 꿈이었나? 아, 다시 꿈으로 돌아가고 싶다' 하면서 다시 누워볼 때, 그 꿈을 이어서 꿀 수 있기를 간절히 고대하면서 눈을 다시 감아볼 때의 느낌. 그건 바로, 내가 파도 위를 걸을 때의 기분이다.

하늘이 갈라지며 빛이 새어들어온다. 어느새 하늘에 단풍이 들고 새빨간 열매가 맺힌다. 달이 가까이 다가오고 있다. 물에서 나가야 할 시간이다. 하늘이 허락한 시간을 따라 우리는 집으로 돌아온다. 어둠이 제 집을 찾아 돌아오듯이. 꿈이 옅어지면서 현실의 커튼이 젖혀지듯이.

저 웃는 사람들의 마음

이곳에서 만난 여행자 친구들은 대부분 독일의 뮌헨이나 베를린, 혹은 코펜하겐 같은 유럽의 추운 도시에서 온 사람들이었다. 그들이 내게 어디서 왔냐고 물으면 한국 제주도라는 곳 하고도 숲속 마을에 산다고, 아주 시골에서 왔다고 하면 다들 '오오……' 하면서 부러워했다. 나도 예전에 그랬지만 한국 사람뿐만 아니라 외국 사람들에게도 시골에 산다는 건 아주 부러운 일인 것이다. 남편의 일터가 큰 도시에 있었다면 어땠을까. 나의 일이 서울에서 꼭 거주해야 하는 일이었다면 어땠을까. 아마도 그만두었거나 아니면 불행한 채로 살았을지도 모르겠다. 나와 같이 쉬이 교만에 빠지기 쉬운 사람은 시골이 제격이다. 있는 거라곤 자연뿐인 그곳에

서 나는 뿌린 대로 거둔다는 자연의 법칙을 배우고 새삼 땅
의 고마움을, 바람의 무서움을, 햇빛의 위대함을 서른이 넘
어서야 배우고 있으니 말이다. 그곳은 계속해서 내게 겸손
을 가르친다.

자연 속에 살고 있다는 것은 동시에 자연을 보호해야 하
는 의무가 있다는 의미 아닐까. 우리 모두에게 의무가 있지
만 특히나 그 옆에서 살아가는 사람들은 더욱 그래야 할 것
이다. 코스타리카의 국민성은 아무래도 누가 가르친 것은
아닌 듯하다. 학교에서 가르치는 건지는 모르지만 대부분의
식당과 숙소 정책은 이방인을 감동시키기에 충분했다. 재활
용과 오가닉 쓰레기의 철저한 분리, 재활용할 수 있는 많은
것들을 솔선수범해서 숙소나 식당 내에서 보기 좋게 사용하
고 있다는 점이 그랬다. 식당에서는 와인을 담가두는 얼음
통으로 페인트 통이나 식품이 담겨 있던 알루미늄 통을 사
용했고, 바뀌는 메뉴가 있다면 새로운 메뉴판을 만들기보다
칠판에 고쳐 적어놓았다. 또 음식물 쓰레기로 비료를 만들
어 식물들을 가꾸고 있었다. 쓰다 남은 플라스틱으로는 언

제나 화분을 만들어 꽃을 가꾸었다. 고급 레스토랑은 어떨지 궁금해서 살펴보았는데 상황은 비슷했다. 차로 다섯 시간을 운전해 다른 동네로 가보았고 다시 네 시간을 운전해 산으로 바다로 가보았지만 쓰레기를 대하는 방식은 한결같이 감동적이었다. 본인들에 의해 만들어진 쓰레기를 철저히 통제하고 있었다. 역시, 나 하나만 잘하면 된다는 철학이 깊게 스며 있는 나라.

그래서인지, 계속해서 관광객이 많아지고 있지만 코스타리카만큼은 관광객이 더 많아져도 되겠다고 생각했다. 어디든 관광객이 있었지만 넘칠 정도는 아니었고 숙소나 식당에는 다른 관광지보다도 확연하게 빈자리가 많음을 한 달 내내 목격했다. 주인들은 늘 만반의 준비가 되어 있는 듯 청결했고 다정했으며 치안도 좋았다. 밤에 으슥한 곳으로 가지 않는다면 여행하는 데 있어 그 어떤 위험이 닥칠 이유가 없는 곳이었다. 코스타리카 사람들에게 왜 항상 웃고 사는지 물으면, 자연 속에서 하나가 되어 살기 때문이에요, 라는 대답이 돌아올 것만 같다.

우리, 두번째 파도를 기다리자

언젠가 파리의 지선이네 집에서 머무를 때, 그녀는 일을 마치고 돌아와 새벽 2시에 내가 차려놓은 김치찌개와 제육볶음을 먹으며 말했다.

"나도 사람들 밥 먹을 때 밥 먹어보고 싶어. 위병이 낫지를 않아. 맨날 사람들 끼니 준비하느라 내 끼니는 챙기질 못하니. 뭐해, 안 먹고? 같이 먹자."

"새벽 2시에 어떻게 제육볶음에 김치찌개를 먹니."

"그래? 뭐가 이상한데?"

"흠, 메뉴도 시간대에 맞지 않고. 더군다나 새벽 2시에 밥 먹으면 잠은 언제 자라는 거야?"

"밥을 먹어야 잠이 잘 오지."

"내일은 몇시 출근인데?"

"아침 7시엔 나가봐야 돼."

"뭐라고? 새벽 2시에 들어와서 밥 먹고 있는 네가 아침 7시에 출근을 한다는 거야? 그게 어떻게 가능하지? 프랑스는 노동자를 위한 나라인 줄 알았는데 다 거짓말인가봐."

"응. 그거 다 뻥이야. 특히나 요식업계는 정말 치열해서 살아남는 일이 점점 더 빡세지는 것 같아. 그리고 난 디저트 파트잖아. 애피타이저 바게트도 만들어야 하는데 마지막 디저트 주문도 받느라 손님들이 나갈 때까지도 주방에서 대기해야 한다고."

"쉴 때 뭐라도 좀 먹지 그랬어."

"주방에서 일하다 말고 쪼그려앉아서 먹는 게 제일 서러운 일이라서 그건 안 하고 싶어."

지금의 지선이는 하루 세끼를 꼬박 챙겨 먹는 것은 물론 식재료 또한 쉽게 고르지 않는다. 코스타리카에서 한번은 같이 식당에 가 당일 잡은 우럭으로 구이를 해달라 주문했는데 손님이 좀 많았었나보다. 그래도 그렇지, 거의 한 시간

만에 음식이 나와서 불평하는 내게, 달래듯이 말했다.

"이렇게 한 시간씩 걸렸다는 건 주문이 들어간 이후에 생선을 구웠다는 것이고, 소스도 방금 만들었다는 거야. 맛이 없을 리가 없어. 먹어보자고."

그녀는 보나마나라는 듯이 자신했고 음식은 말해 뭐해 어디로 들어가는지 모를 만큼, 정신을 쏙 빼놓을 만큼 맛있었다. 우럭은 잘 구워져 부드러웠고 토마토와 레몬이 들어간 소스는 신선하고도 매력적이었다.

우리네 엄마가 그랬다. 우리들 챙기느라 본인 인생은 살지를 못했다. 그런 엄마가 싫었다. 우리만 기다리고 있는 엄마가. 엄마는 원래 놀 줄도 모르고, 돈 있어도 모을 줄만 알고 쓸 줄은 모르는 줄 알았는데, 요새 엄마는 가만 보면 나 어릴 적 같다. 친구들과 어울려 놀러 다니는 게 일과고 만날 때마다 새로운 옷을 입고 있다. 비록 내가 제주로 온 이후로 자주 만나지는 못했지만 말이다.

어느 날 엄마가 그랬다.

"난 지금이 제일 행복해. 너네 다 잘 컸으니 이제 내 할 일 다 했잖아."

엄마에게 우리는 밀린 숙제 같은 것들이었을까? 꼭 해내야만 하는, 밤을 새서라도 마쳐 내일 가져가야만 하는 과제 같은, 그런 존재 말이다. 그러고 보면 오랜 시간을 인내해 무언가를 쟁취한 사람들은 변한다. 어떻게든 변한다. 우리 엄마가 이토록 놀기 좋아하고 새 옷을 좋아하는 사람인 줄은 30년간 꿈에도 몰랐던 나는, 생각해보면 아는 것이 아무것도 없었다.

세상에 끼니를 챙기기 싫어하는 셰프가 어디 있다고 지선이가 먹는 걸 이토록 좋아하는 줄 어째서 아직까지 몰랐던가. 어쩌면 백혈병은 그녀에게 참으로 많은 걸 해내게 북돋았는지도 모른다. 그녀의 본능을 끌어내 행복과 가까워지도록 만들어줬는지도.

몇 해 전, 말라서 돌덩이처럼 변한 바게트에 다시 버터를 발라 구우면서 지선이가 말했다.

"야, 난 맨날 빵만 만드니까 이제 밀가루 냄새도 싫어."

"근데 그 말라버린 바게트는 왜 먹으려는 거야? 버려."

"귀찮아서 그렇지. 이걸로라도 때우고 다시 일 나가야 돼."

"그런 걸 어떻게 먹으려고 그래."

"아, 귀찮아. 뭔가를 먹으려고 기다리고 차리고 장 보고. 어떻게 맨날 그러고 살아?"

"그게 귀찮은데 어떻게 파티시에를 하고 있는 거야, 넌?"

"글쎄. 내가 이 일이랑 잘 맞는 걸까? 어쩌면 지금 내 일이랑 난 안 맞는지도 몰라. 이거 그만두면 뭐 해 먹고살지?"

물론 나는 지선이가 파티시에를 그만둔다 하더라도 그녀가 굶어죽을 거란 생각은 들지 않는다. 단지 다시 새로운 자신을 만나고 그 새로운 자아가 성숙해지는 동안 힘이 들기도 하겠지만 그건 어릴 적 우리가 무언가에 빠져 새로운 걸 배울 때처럼 엄청난 에너지를 만들어주기도 하니까. 근사하게 장을 보고 싶고, 맛있는 걸 만들어 먹고 싶게 만들어줄지도 모르니까.

그러니까 우리, 두번째 파도를 기다리자.

당신을 만나
서핑보드에 올랐다

내가 결혼이란 걸 할 줄은
몰랐어

　지선이 백혈병과 싸워 이기고 다시 원래의 자리로 돌아가 삶을 끌어안는 동안 나는 제주도의 서퍼가 되었고, 남편이 생겼다. 지선이보다 내가 먼저 결혼을 할 줄은 정말 몰랐지만 어느새 나는 결혼을 준비하고 있었다.

　"뭐야, 갑자기 결혼을 한다고? 그것도 빙구랑?"

　"갑자기인가? 계획을 하거나, 예고를 했어야 하는 거야?"

　"하긴, 네가 처음 빙구를 만난 때부터 난 뭔가를 느꼈어."

　"뭘?"

　"걔 처음 본 날 저녁에 맥주 마시면서 니가 그랬잖아."

　"내가 뭐라고 했게?"

　"나 결혼하면 어떨 것 같아?"

그를 처음 만난 건 지선과 함께 제주에서 동해로 여행을 다니며 한국에서 시간을 보내던 때였다. 그녀가 아프기 직전이었고 동해 한섬해변에서 지선과 나, 우리 두 사람은 함께 서핑을 배웠다. 그곳은 조용하고 아주 작은 해변이었지만 그날따라 파도가 세게 들어와 초보인 우리 둘은 허우적대며 파도에 귀싸대기나 맞고 있을 뿐이었는데 한참을 그렇게 고생하고 있는 모습이 불쌍했는지 그가 다가와 지선이와 내게 서핑을 가르쳐주었다. 그러니까 그가 내게 건넨 첫 문장은,

"제가 가르쳐드릴까요?"

그는 줄곧, 말로 하긴 쉽지만 막상 실천하기엔 어려운 주문을 했다.

"급하면 힘이 들어가니 천천히 힘을 빼야 해요."

그 순간에는 그게 어찌나 어려운 일이었는지 보드 위에서 잘만 일어나는 그가 밉기까지 했다. 그래도 지선은 나보다 나았다. 큰 파도도 무섭지 않다고 했고 밀가루 반죽만 하던

팔근육으로 파도를 잘도 밀어냈다. 그곳 바닷가의 사람들은 서핑을 가르쳐준 그를 '빙구'라고 불렀다. 다음주에 다시 바다로 오겠다고 하며 주변 사람들에게 물었다.

"다음주에 빙구도 와요?"

사실 서핑을 배우는 게 즐겁기도 했지만 빙구에게 서핑을 배우는 게 즐거웠는지도 모른다.

후로 내가 그 근처 동해에 살게 되었을 때, 그는 울진에 살고 있었는데 우리는 줄곧 만나 서핑을 했고 계속해서 첨벙대기만 하는 내게 그는 정성껏 가르쳐주었다. 어느 날은 서울에 돌아왔을 때, 그가 우리 집으로 찾아와 대뜸 말했다.

"누나, 보고 싶어서 왔어요."

그는 워낙 내성적인 성격이라 자기 생각을 누군가에게 명확하게 말하는 종류의 인간은 아니었지만 그땐 정말 분명하게 그 말을 했다. 가끔 빙구의 머리를 툭툭 치며 장난을 걸고는 했지만 난 누군가의 사랑을 받는다는 것이 어색하던 시기였던지라 그가 대번에 보고 싶다고 말했을 때 난 빨개진 얼굴을 지우려 말했다.

"배고프다."

그후로 나는 그 앞에서 자주 배가 고프다는 말을 한다는 것을 알게 되었다. 홀로 세상을 잘 견디고 싶어 바다로 뛰어들었고 그곳에서 강해지는 것에 대해 조금씩 알아갈 때 아이러니하게도 사랑이 닥쳐왔다. 내게는 누군가와 함께 아무 욕심 없이 바다 근처 어딘가에서 살고 싶다는 소망만 있었는데, 그 소망을 신이 듣기라도 한듯 그가 나타났다.

그는 서울을 서울이라 부르지 않고 도시라 불렀다. 부산도 대구도 고유한 이름이 아니라 '도시'라 칭했다. 평생 서울에서 살아온 내게는 부산이나 대구 경주 전주 같은 곳은 '지방'이었는데 내가 그곳을 지방이라 칭하는 반면 그는 웬만큼만 커도 그저 도시라 칭했다. 그리고 나는 그에게, 제일 큰 도시에서 온 여자였다.

남동생이 해병대 생활을 할 적, 면회를 하러 오천읍이란 곳으로 단 한 번 간 적이 있었는데 그곳이 그가 살았던 곳이었다. 그때 어느 시장에 가서 회를 먹고는 남동생을 돌려보내고 가족들과 서울로 돌아가는 차 안에서 나는 말했다.

•

"아, 엄청 멀다."

어찌 보면 우리에게는 그만큼의 간격이 있었다. 그는 고등학교를 갓 졸업했을 적에, 처음 서울역에 도착했을 때를 기억하며 그때 사람이 너무도 많아서 놀랐다고 했다.

그는 나와 정말 많이 달랐다. 바다 한가운데 멀리로 나가서 수영을 하는 것을 아무렇지 않아 했고 절벽에서 다이빙을 하는 것도 무섭지 않아 했다. 친구들이랑 다이빙을 하러 가도 늘 먼저 가장 높은 곳에서 뛰어내리곤 했다.

"무섭지 않아?"

"무서워. 근데 남이 뛰어내리는 걸 보면 더 무서워서."

그는 뛰어내릴 때 아래를 쳐다보지도 않고 뛰어내리고는 했다. 나는 그런 그의 모습이 좋았다. 나는 아래를 쳐다보고 '아, 과연 할 수 있을까' 생각하다가 남이 뛰는 걸 보고 나서 다치지 않는다는 걸 확인하고, 괜찮냐고 다시 한 번 물어보고도 떨려서 한참을 고민하는 사람이다. 그렇게 뛰어내리다가 머리나 다리부터 물에 넣지 못하고 어정쩡한 자세로, 허벅지로 수면을 들이받아 멍이 들곤 했었으니까. 그렇게 심

하게 다친 이후로 높은 곳에서 뛰어내리는 다이빙은 시도조
차 하지 않았었다.

　점점 하지 않는 게 많아지고 있을 때, 그를 만났다. 그는
나를 패들보드에 태워 두 시간이고 세 시간이고 먼 바다로
데리고 나가 그곳에서 보이는 육지를 바라보게 했다. 그곳
엔 내가 알던 육지는 없었다. 작고 조용하고 반짝거렸다. 어
떤 날은 동굴을 보여주기도, 늦은 밤에는 날아다니는 박쥐
를 보여주기도 했다. 새벽엔 백로를 보러 나가기도 했고, 오
징어 배를 바라보며 항구 앞 포장마차를 순회하기도 했다.
　어느덧 나는 동해말고도 영덕 울진 포항 일대를 돌아다니
게 되었다. 그 덕에 한반도 남동쪽의 해변이라면 삼척부터
부산까지 원하는 만큼 머물렀고 조금씩 다른 바다의 감수성
을 시야 가득 채웠다. 바다가 보이면 뛰어들었고, 갈매기 옆
에서 낮잠에 들기도 했다. 조금씩 얼굴과 몸뚱아리는 까매
졌지만 개의치 않았다. 가끔 서울에 갈 때엔 무슨 옷을 입어
도 시골 사람이라는 게 티가 나기 시작했고 그런 게 조금씩
신경이 쓰여 도시에 가고 싶지 않았다.

그러다 문득 그에게 물었다.

"앞으로 어떻게 살고 싶어?"

누군가가 좋아지면 그런 게 궁금할 나이가 된 것 같기도 하다.

"앞으로? 앞으로라면 언제를 말하는 거야?"

빙구는 앞도 모르는가보다.

"글쎄. 그냥 앞으로. 군대를 전역하면? 그 이후로도."

"앞으로 어떻게 살지 생각해보는 시간이 필요한 때가 된 것 같긴 해. 난 대학 생활 마치고 곧장 군대에 와서 여기, 보건소에서 근무하면서 서핑만 했잖아. 더 넓은 세상도 보고 싶고, 앞으로 어떤 삶을 살고 싶은지 세상을 보면서 생각해보고 싶기도 해. 누나는?"

"나는 가족이건 일이건 걱정은 접어두고 성에 찰 때까지 떠돌아다니는 여행을 하는 게 꿈이야. 물론 그러긴 힘들겠지만……"

젊은이들이 꿈 이야기를 나눌 때 여행 이야기를 빼놓긴 힘들 것이다. 기꺼이 서로의 꿈을 이루는 방법을 떠올렸다.

그렇게 안 끝날 것만 같은 그의 군 생활과, 여행에 관한 꿈으로 채워진 2년 동안의 장거리 연애가 끝나고 우리는 각자의 부모님에게 긴 여행을 가겠다고 선언했다. 그리고 여행을 반대할 줄로만 알았던 그의 부모님 반응은 의외로 순순히 여행에 응해주는 것 같았다.

"여행을 간다고? 그래? 얼마나?"
"1년…… 어쩌면 2년이 될지도 모르고요."
"그래. 대학도 졸업했겠다, 이제 막 군 생활을 끝냈으니 아직 해보고 싶은 것이 많을 거고 여행을 다녀오는 것도 앞으로의 니 인생에 좋을 것 같다. 그렇지만 결혼도 안 한 처자를 데리고 그렇게 오랫동안 여행을 가 있는 게 걸리는구나. 진서네 부모님은 얼마나 걱정을 하시겠니?"
아버님의 말씀 이후로 남자친구는 차마 우리 부모님, 특히 우리 엄마의 마음까지 헤아리지 못했던 것을 큰 실수로까지 생각하게 되었다. 그리고 며칠 후, 그의 아버지로부터 이런 제안을 전해들었다.
"둘이 여행을 가는 건 좋은데, 결혼을 하고 떠나는 건 어떻겠니?"

그 이야기를 전해들은 우리 엄마는 화색을 띠시며 그 의
견에 대찬성이라 말씀하셨다.

아무리 생각해도 우리는 여행을 미끼로 부모님의 덫에 걸
려든 듯했지만 여행을 가기 위해 '그럼 결혼하고 가자'라며
서로를 위로(?)했다. 사실 우리는 결혼이라는 엄청난 선택
을 했다기보다는 그렇게라도 해서 긴 여행을 가고 싶었는지
모른다. 부모님의 걱정이나 반대를 잠재우고 훌훌 몇 년 동
안 떠나고 싶어서 말이다. 그리고 결혼이란 게 어떤 건지 심
각하게 고민해본 적도 없었기 때문에 알겠다고 말씀드렸던
것 같기도 하다. 그러니까, 그때로 돌아가서 그때의 감정, 형
편, 사정, 입장 같은 무언가를 설명하자면, '같기도 하다'라는
말을 빼놓고는 도무지 설명하기가 힘들다. 그토록 선명한
게 없는 시절이었다.

결혼을 하겠다고 하자 이번에는 결혼을 하고 긴 여행을
다녀와서 서로 각자의 집으로 가는 건 아니지 않겠냐며 일
단 집을 구하고 가는 게 어떻겠냐고 말씀하셨다. 만일의 사

태에 대비해 한국에 들어오게 되더라도 두 식구가 살 안식처는 있어야 하지 않겠냐는 어른들의 생각에 우리는 또 덤앤더머가 되어 '에구에구, 그걸 미처 생각 못했네' 하며 집까지 구하기 시작했으니 말이다.

우리는 그후로 집을 구해야 한다는 핑계로 전국 방방곡곡을 떠돌기 시작했다. 그는 오천읍에서 태어나 평생을 살다가 현재는 울진 후포리에 있는 보건소에서 군복무를 하며 살고 있었고, 한국을 떠나 그저 1~2년 정도를 여행하려 했으니 어딘가에서 어떻게 살아보자 같은 생각은 전혀 해본 적이 없는 사람이었다. 나 또한 서울을 떠나 동해의 생활에 한번 맛을 들이고 나니 시끄럽고 차 많은 동네에 정착하는 건 한사코 반대하는 축이었다. 한마디로 서울은 아니라는 조건 하나만을 가지고 전국을 뒤지며 떠돌기 시작했다. 진주, 남해, 경주, 포항, 동해…… 우리의 연애는 어디에서 살아야 할지 눈에 불을 켜고 전국을 돌아보는 여행에 가까웠다고도 할 수 있다.

남해에 살아볼까, 경주는 어때, 좋지, 그래 우선 가보자. 그는 15만 킬로미터를 넘게 달린 1세대 렉스턴 중고차를 구해 40만 킬로미터를 찍으며 달리고 또 달렸다. 바닷내 나는 허름하고 편안한 렉스턴 안에서 우리가 살고 싶은 곳과 살아야 할 곳은 어디인가에 대한 주제로 대화하며 하루를 보내는 날들이 쌓여만 갔다. 그중에는 진주의 한 도서관에 앉아 함께 창밖을 내다보며 구경을 한 날도, 대나무로 둘러싸인 산책로를 걸으며 대나무 사이로 지나는 사람을 구경하는 날도 있었다. 매일 아침 경주 빵을 먹으며 능을 산책하는 생활은 어떨까.

하지만 결정할 수 없어 고민에 고민을 거듭하던 어느 날, 전남 고흥을 지나며 서핑을 하고 나와 꼬막을 먹던 날에는 그렇게 생각했다.

'어디에 살든, 실컷 꼬막이나 먹으며 살면 행복하겠다.'

그러고는 무릎을 탁 치면서, 말했다.

"그래, 기왕이면 바다가 가까우면 좋겠다. 거기다 파도가 살아 숨쉬는 곳이면 금상첨화겠구나. 그럼, 바닷가 근처로 가보자."

우리 두 사람의 닮은 점과 우리의 숙원과 우리의 꿈은 헤매는 삶이 아니라 바로 그, 하나였던 것이다.

아침마다 서핑을 하고 출근을 하는 삶이라니, 생각만 해도 꿈만 같았다. 이렇게 간단한 걸 왜 오랫동안 고민한 건지 모르겠다며, 왜 애초에 바다로 갈 생각을 하지 않은 거냐며 그에게 성화를 해댔다. 나는 바다로 가겠다고 결심을 한 후로는 하루하루에 대한 희망으로 매일 꿈을 꾸었다. 내가 이제야 본격적으로 바닷사람이 되다니, 하고 말이다.

아침 정원에서 요가를 하고, 파도가 오면 서핑을 가고, 정원에 꽃들과 먹거리를 심어 내가 재배한 식재료로 부엌에서 정성스러운 요리를 하면 좋겠다고, 요리를 하면서 정원에 핀 꽃들을 바라보면 좋겠다고 중얼거리기 시작했다.

우리는 그럼에도 어느새 아주 오랫동안, 살 집을 찾아다니고 있었다. 도대체 그 여정이 어려울 거라고 왜 그 누구도 이야기해주지 않았던가…….

바다가 보이는 언덕배기가 맘에 들어 알아보면 거기엔 사람이 살지 않는 이유가 있었다. 비바람에 그대로 노출되는 것은 물론이거니와 바람 소리 때문에 잠을 잘 수 없다거나, 비라도 오면 흙이 잘 쓸려내려가 땅이 꺼진다거나, 집 뒤에

묘가 있다거나 하는 식의 살아보지 않으면 알 수 없는 원초적인 일들로 고뇌에 빠지는 것이었다. '아, 그래서 과연 어디가 살기 좋은 곳이란 말인가' 하고 있으면 어느새 부동산 가격이 폭등했다든지 폭락했다든지 하는 뉴스들이 우리를 쪼그라들게 했다. 그렇게 곤혹스러운 시간을 보내고 있던 어느 날, 제주도로 서핑을 다녀온 친구들의 이야기가 술술 들려오기 시작했다.

"거긴 서핑하면서 살기엔 천국이야. 11월인데도 20도가 넘어서 여름 슈트 입고 서핑하는 사람들도 있던걸?"

"겨울에도 3밀리 슈트로 버티는 사람도 있다던데?"

"여름에는 3개월 내내 파도가 들어온대."

확인할 수 없는 이야기였음에도 마음을 움직이기에 충분했다. 동해에서는 5밀리 겨울용 슈트를 입으면 압박이 심해 입는 순간부터 혈액순환이 멈추는 느낌이 들었다. 밤에 잠이 들 때까지도 슈트의 재단 자국이 온몸에 남아 있는 것은 물론, 슈트를 벗었음에도 몸이 조이는 느낌을 받을 정도였다. 그렇다고 안 입을 수는 없는 노릇이다. 겨울의 동해 바닷속은 어쩌면 남극에서도 서핑을 할 수 있을 것 같다는 자신 감이 생길 정도의 추위이고 여름엔 6개월 내내 파도 자체를 구경할 수 없어서 호수 같은 바다를 바라만 보아야 할 때가 많았기 때문이다. 그에게 말했다.

"나는 여름에 태어나서 그런지 겨울이면 몸도 잘 아프고 살도 좀 찌는데 신기하게도 여름이 되면 어디서 생기는지 모를 에너지가 끓어넘쳐서 항상 컨디션도 좋고 몸도 가벼워 져. 언제고 여름은 인생에서 가장 강렬한 시간들을 갱신하 는 계절이야. 그리고 제주도는 여름이 길대. 아, 여름에 살고 싶다."

사실 우리의 원래 계획이었던 긴 여행을 어느 순간 무기 한 뒤로 물렀기 때문에 제주도라는 생각지 못했던 섬의 존 재는, 떠난 것 같은 느낌을 주면서도 동시에 한국에 머무는 안정감을 주었다. 게다가 어쩌면 긴 여행의 연습이 될 수 있 는 공간이 되지 않을까 하는 기대감도 생겼다. 제주도를 떠 올릴 때마다 감성적인 울렁임이 찾아왔다. 그것은 어쩌면 좋은 신호였다.

우리는 곧 동해에서 가까운 원주공항으로 향했다. 군사용 활주로를 이용해야 하는 작은 공항이었다. 국내를 돌아다닐 땐 주로 열차를 이용하거나 자동차를 운전하고 다녔지만, 공항을 통해서 접근하는 우리나라라니, 제주도가 처음은 아니었지만 공항을 자주 다닐 수 있다는 사실마저 어떤 욕망을 증폭시켰다.

공항에서 살고 싶은 적이 있었다. 더 넓은 곳으로 이동할 수 있게 해주고 세계 각국을 넘나드는 사람들을 만날 수 있는 곳. 작가 알랭 드 보통이 공항에다 책상을 놓고 글을 썼다는 이야기를 듣고 나도 그곳에서의 생활을 상상했다. 면세점 직원이 되어 매일 출근하는 꿈도 꿔본 적이 있다.

모든 것들이 떨림으로 가득한 세계, 곧 열릴 듯한 많은 문이 있는 세계, 공항이 내게 그렇다.

바닷가 마을

제주도에 도착해 처음 찾아간 곳은 서퍼들에게 가장 유명한 중문색달해변이었다. 햇볕이 내리쬐는 무더운 여름에 원헤드 높이(사람 발끝부터 머리까지 정도)의 파도가 묵직하고 깨끗하게 밀려들어오는 가운데 구리빛 서퍼들이 돌고래들처럼 바다에 떼를 지어 있었다. 이곳이 내가 아는 한국인가? 중문색달해변으로 진입하는 길 양쪽에 심어놓은 큰 야자수를 보면서, 넓고 한적한 도로에 자동차들이 느릿하게 움직이는 걸 바라보면서, 바다 위에 떠 있는 수많은 서퍼들을 바라보면서 생각했다. 나는 이제부터 남은 인생을 바다, 아름다운 곳에서 살겠노라고.

그리고 이 바닷가 앞에서 남편이 될 그와 제주도에 살자고 결정짓기까지 10분이 채 걸리지 않았다. 앞선 긴 시간 동안 어떤 곳에 살지 많이 고민해왔기에 왜, 어째서 제주도에서 살아야 하는지에 대해 대화를 나눌 필요도 없었다. 우리의 머리에는 이미 수많은 상상이 스쳐가고 있었다.

새벽빛으로 물든 파도를 바라보고, 남쪽에서 시작해 중문 색달해변에 도착한 파도를 만나는 축복, 따사로운 햇빛이 비치는 모래사장에 누워 뒹굴거리며 책을 읽는 상상, 한라산 숲속의 고사리를 따서 봄나물을 무쳐 먹는 상상, 나의 10년지기 친구, 반려견 팔월이가 웃으며 정원을 뛰어다니는 상상이었다.

마음이 급해졌다. 하루빨리 이곳에서 보금자리를 찾고 싶었다. 서울로 돌아가 짐을 쌌고 다시 내려와 본격적으로 집을 찾기 시작했다. 하지만 아무 연고도 없는 바닷가 마을에서 집을 찾고 직장을 찾는다는 것은 생각했던 것보다 만만하지 않았다. 이런 섬마을 바닷가 사람들은 누구네 아들이, 누구네 손자 손녀가 어디서 무얼 하고 있는지까지 다 꿰고 있었다. 그만큼 그들의 공동체의식은 높았다. 그런 터라 외

지인이 들어와 무언가를 한다고 해서 마냥 반기지 않는다. 게다가 우리처럼 도시를 떠나 제주도에 들어오려는 사람은 넘쳐났다.

때를 맞춘 것처럼 제주도 부동산 가격이 폭등한 시기라 천차만별인 가격 앞에서 누가 부른 가격이 제대로 된 가격인지 가늠조차 되지 않았고 왠지 자칫하면 우리도 모르게 코가 베일 것 같은 불안감이 밀려올 때도 있었다. 집이나 땅을 알아보고 사려고 마음을 정하고 나면 이상하게 그다음부터 집주인들과 연락이 안 됐다. 우리에게 도무지 이런 일은 처음이었다. 나중에 알고 보니 가격을 흥정하기 위한 방법이라고 했다.

집을 구하기 위해 몇 달 동안 제주도를 수십 번은 왔다갔다해봐도 몇 번이고 고대하다 실패하기를 반복하며 매번 허탕만 치고 있었다. 그즈음 직거래 사이트를 이용해보라는 주위의 조언을 듣기도 했지만 그곳엔 주인보다는 부동산 중개업자가 눈먼 물고기를 낚시하기 위해 올린 매물이 더 많았다. 중개업자의 가격 뻥튀기는 어딜 가나 피하기 힘들었고, 주위 시세에 맞게 적정가격으로 흥정하려 하면 당장 부동산 사무실에서 나가라는 말까지 들으며 문전박대 당하기도 했다. 우리가 제주도를 알아보던 그 시기에 부동산 시장이 가장 활발했다고 했지만 실제는 소문보다 더 정신없고 난폭했다. 하지만 포기할 수 없었다. 여행과 맞바꾼 이 엄청난 시간들을 아무것도 아니게 만들 수는 없었다.

아까운 시간은 눈 녹듯 사라졌지만 그래도 의미를 두자면, 제주도에 산다면 '어느 동네가 좋겠네' '이 정도 가격이면 적당하군' 따위의 공부를 하면서 윤곽을 잡아가고 있었다. 눈이 트이게 되면서 대략적이나마 살고 싶은 곳의 위치와 원하는 집에 대한 느낌과 모양이 선명해지기 시작했다. 그러고 나니 신기하게도 마음에 드는 집을 만날 수 있었다. 제주도 양식으로 지어진 아주 오래된 돌집에 돌창고도 한 채 있었다. 수리를 하려면 대대적인 공사가 있어야 했지만 그것도 좋았다.

제주도에 오기로 마음을 먹은 지 꼬박 1년 만이었다.

숲속에서 꾸는 꿈

우리가 찾은 집은 곶자왈▽ 옆 작은 마을에 지어진 돌집이었다. 1970년도에 지었다니 사람이 살지 못할 만큼 허름한 집이었지만 다행히 수도와 전기는 있었다. 집을 고치는 데 얼마나 걸릴지 모르고, 어쩌면 비가 많이 와 공사가 길어질 수도 있으니 잠시 집을 구해서 지내는 것이 좋겠다고 모두들 조언했다. 그치만 아무리 고민을 해보아도 편안한 곳에서 집 공사가 다 끝나기만을 기다리는 건 왠지 게으른 젊은 이가 되는 것만 같았다. 이곳은 제주도 아닌가. 매일매일 여행을 떠나도 될 만한 곳에 왔는데 편안한 집에 앉아 시간을

▽ 제주의 깊은 숲. 남방계와 북방계의 식물이 공존하여 울창한 숲을 이루고 있다. 곶은 숲을, 자왈은 덤불을 뜻한다.

보내야 한다고 생각하니 새 인생을 시작하는 우리들에게는 그 자체가 과분하다 생각이 들기도 했다. 그리고 더 정확하게는 우리가 살 공간에 좀더 많은 시간 머무르고 싶었다.

모터가 달린 캠핑카는 아니었지만 작은 중고 카라반을 사서 기운 빠진 할아버지 같은 차 렉스턴 뒤에 달고 제주도로 내려갔다. 호미를 들고 잡풀이 무성한 밭을 정리한 뒤 카라반을 정박시켰다. 시공사가 정해지기 전, 우리는 뭐라도 하고 싶어 인터넷을 뒤져 할 일을 찾았다. 허물어져가는 낡은 돌집, 돌에 흙을 발라 만든 집이었는데 다시 고치려면 안에 흙을 뜯어내고 돌만 깨끗이 남겨야 한다고 어느 유튜버가 가르쳐주었다. 그와 나는 집을 짓고 고치는 동영상들을 모조리 검색하며 집 짓는 과정을 눈감고 설명하는 시험이 있다면 만점을 받을 만큼 점점 잘 알게 되었다. 그렇게 시골의 일꾼이 되어갔고 우리가 할 수 있는 일과 할 수 없는 일의 경계를 없애며 집 짓는 일을 배워갔다.

흙을 긁어내던 어느 날, 돌을 붙여놓은 흙과 돌 사이에서 나보다도 나이가 많아 보이는, 내 몸통만한 굵기의 구렁이가 슬그머니 머리를 빼는 것이 아닌가. 그리고 이렇게 말하는 것 같았다.

"너희들 뭐야. 여기 우리 집이야."

제주도에서는 뱀을 신성시 여겨 절대 죽이지 않는다고 한다. 시집가는 딸내미에게도 보자기에 뱀을 싸서 보내주는 문화가 있다고 들었다. 그 뱀이 시집간 딸을 지켜준다고 믿는 거라고. 나는 구렁이를 보자마자 기겁을 하고 소리를 지르며 도망갔고 다행히 어릴 적 뱀을 많이 보았다는 그는 긴 막대기를 주워 와 뱀을 옮겨 바깥 숲으로 던지며 말했다.

"여기, 이제 우리 집이야."

나는 그날 새벽까지 잠을 이루지 못했다. 그 뱀이 다시 우리 집으로 오면 어쩌지? 환기구를 타고 카라반 안으로 들어오면 어쩌지? 뱀 걱정으로 눈을 감지 못했다. 하지만 걱정하던 일은 일어나지 않았다.

한참 후에, 묘목을 심으려고 땅을 팔 때도 뱀을 만났고, 돌담 옆 넝쿨을 호미로 잡아채다가도 만났고, 곶자왈을 산책하다가도 만났고, 잔디밭에 눕혀놓은 서핑보드를 들어올릴

때에도 만났지만 그때 집에서 나왔던 크기만큼 큰 뱀은 보
지 못했다. 고작 손바닥만하거나 길어봐야 손끝에서 팔꿈치
정도였다. '에계, 겨우 이 정도야?' 할 정도로. 나도 참 많이
변했다.

엄마가 말했다.
"집에 있는 그런 큰 구렁이는 집을 지켜주는 수호신이라
는데."
"누가 그래?"
"우리 엄마가."
"에휴."

히피 아니고 원시인처럼

아무것도 없는 밭에다 카라반만 정박해놓고 산다는 것은 마치 달리는 기차에서 몇 달을 내리지 못하는, 찝찝함을 달고 사는 일 같았다. 잡풀만 거둬내고 카라반을 세워놓았기 때문에 화장실도, 따뜻한 물도 없었다. 처음에는 카라반 안에 있는 화장실을 썼다. 하지만 카라반 화장실용 세제는 그 어떤 냄새도 나지 않도록 만드는 파란색 초강력 액체였는데 그 약품을 계속해서 변기에 붓고 그 오물통을 가져다 땅에 버리는 일은 아무래도 자연에게 미안했다. 매번 오물통을 빼서 가져다 버리는 일 또한 만만치 않아 결국은 각자 삽을 들고 땅을 파서 해결하기로 했다. 흙으로 자연히 스며들면 땅을 덮고 다시 다른 곳을 파고 하는 식의 배설 활동이 이

어졌다. 냉장고가 정말 작았기 때문에 음식을 밖에 내기도
했는데 그날엔 날파리떼의 공격을 받기 일쑤였고 요리를 한
번 하고 나면 동네 밭에 사는 여러 종류의 곤충들이 날아들
었다. 무려 한여름이었다.

아무것도 없이 잡풀만 무성한 이곳에 집과 정원을 만든다
는 것은, 게다가 언제 끝날지 모르는 공사를 기다리며 카라
반에서 산다는 것은 상상했던 것만큼 자유로운 히피의 삶은
결코 아니었다. 자유롭기보다는 식중독에 걸리지 않기 위해
온 에너지를 쓰고 에어컨이 없기에 그늘을 찾아 체온을 낮
추기 위해 애썼다. 모기떼의 공격을 받기 일쑤인 뭐랄까, 원
시인의 삶을 조금이나마 체험해보는 고행의 시간이었다. 고
행의 시간이 길어질수록 따뜻한 물과 빗소리가 들리지 않는
지붕이 너무도 그리웠다. 안정된 집과 잘 마른 옷가지 그리
고 선선한 상태로 보관된 상하지 않은 음식의 소중함을 서
른이 넘어서야 알게 되다니. 문득 엄마가 눈물나게 보고 싶
기도 했다.

그렇다고 힘들다고만 할 수는 없었다. 동해의 삶에서 한

걸음 나아간 또다른 삶의 방식에 우리를 맞춰나가면 되었다. 동해에서는 없는 대로의 삶에 만족했다면 이곳에서는 무에서 유를 만들어야만 삶이 가능했다. 작은 카라반 안에서 오랫동안 요리하기가 힘드니 장작불을 지피고 가마솥을 얹었다. 장작을 때면 자연히 곤충들은 한동안 사라졌다. 뜨거운 물로 목욕을 하고 싶으면 가마솥에 물을 데워 찬물을 섞어 몸에 끼얹었다.

화장실 없이는 더이상 버티기 힘들 때쯤이었다. 그는 수도와 배관 공부를 끝내고 마당 한 켠에 있던, 예전에는 빗물을 담아 농사할 때 쓰는 용도의 것이었던 사각 빗물받이의 벽을 뚫어 물을 쏟아내고, 안에 살던 개구리를 쫓아내고, 청소를 시작했다(똥보다도 더러운 그 빗물창고는 대체 언제 마지막으로 물을 사용했는지 알 수 없었다. 그 고인 물에 개구리가 살고 있는 게 신기할 정도였다). 그는 장화와 비닐 바지를 입고 나타나 묵묵히 청소하고는 수도를 끌어오고 배수구를 설치하고 샤워기와 변기를 달았다. 며칠 후에는 전기 공부를 하더니 전선을 끌어와 순간 온수기까지 설치했다. 그때의 기쁨은 정말이지 무인도를 탈출해 문명 세계로 발을 딛는 듯한

기분이었다. 언제나 내가 필요할 때 쓸 수 있는 화장실이 있다니. 이걸 만든 이 사람과 결혼하기로 한 결정에 나는 한 점 후회가 없다고, 오물이 묻은 작업복을 입고 냄새를 풍기는 그의 뒷모습을 보며 생각했다.

카라반은 너무 좁고 마당엔 벌레가 많아 운동을 하러 요가 매트를 들고 바다로 향했다. 바닷물 근처에는 모기가 없다는 걸 그제야 알게 되었다. 그렇게 카라반 라이프를 연명한 지 한 달이 훌쩍 지나 두 달을 향해 갈 무렵 이탈리아 친구 알레에게서 메일이 왔다. 알레의 대학 동창인 피에트로가 여자친구와 함께 3년째 모터홈으로 세계 일주중이고 현재 제주도에 도착했으니 혹시 시간이 되면 제주도 여행을 함께 다녀줄 수 있냐는 부탁이었다. 기분좋은 메일이었다. 당장에 좋다고 답장했다. 아예 모터홈을 가지고 우리 집으로 오라고 했다. 그렇지만 '우리 집'에 아직 '집'은 없다고.

다음날, 친구들은 우리의 카라반보다 두 배는 큰 모터홈을 가지고 와 주차했다. 자동차 덩치가 커서 큰 타이어가 쓱 지나가자 풀들이 꼼짝없이 깔려 누웠다. 그들은 3년차 여행자 답게 모든 걸 그 모터홈 안에서 노련하게 해결하고 있었다.

그들은 아침이면 이탈리아식 에스프레소를 끓였다. 같은 모카포트에 같은 원두로 커피를 끓이는데도 내가 끓인 것과 는 완전히 달랐다. 그녀, 스테파니에게 물었다.

"스테파니, 네가 이탈리아인이기 때문일까? 왜 같은 콩을 쓰는데 커피맛이 다른 거지?"

"사람들은 커피를 너무 급하게 만들어내려고 해. 커피도 다른 음식처럼 맛이 들길 기다려줘야 해."

"무슨 말이야? 끓이면서 맛이 들길 기다린다고?"

"모카포트에 물은 적정량만, 커피 가루는 가능한 많이, 넘 칠듯이 넣는 거야. 그리고 가장 약하게 불을 틀고 물이 끓어 오르기를 기다려. 좀 오래 걸려. 5분 이상이 걸리지."

"가장 약불로 해놓고는 끓어서 물이 위로 올라오기를 기 다린다! 알겠어."

"지켜보고 있다가 물이 위로 솟구치기 시작하면 당장에 불을 꺼야 해. 안 그러면 급하게 커피가 생기니까. 불을 끄고 커피가 위로 오를 때까지 다시 기다려야지."

난 오케이, 알겠다 했지만 직접 만들어보니 이것은 그리 어려운 비밀이 아니었음에도 매번 지키기 힘든 규칙이고 과정이었다. 에스프레소 한잔 마시자고 10분 가까이 불앞을 지켜 서 있어야 하는 것이다. 그 시간이면 계란이 들어간 북엇국도 끓일 수 있으며 라면은 세 개도 끓일 수 있지 않나! 결국 10분의 여유, 그게 없으면 맛있는 커피도 있을 수 없었다.

모닝커피를 마시고 함께 오일장에 가서 제주의 자랑스러운 해산물들을 보여주었다. 그들은 군침을 흘리며 보더니 생선 리소토를 해주겠다며 우럭 한 마리를 집어들었다. 나는 김밥과 국을, 그들은 흰살 생선 리소토를 만들어 우리의 점심식사를 차렸다.

폭포와 숲길을 산책하고 저녁에는 바닷가 옆 포장마차에 가서 소주와 회를 먹었다. 그리고 돌아와 모닥불을 피워놓고 모기를 쫓으며 친구들의 3년간의 여행담을 들었다. 카라반 생활에 지쳐 있던 나의 고된 일상은 그들의 도착과 동시에 여행 모드로 바뀌어 어느덧 꿈에 그리던 카라반에서의 히피적인 삶을 보내는 것만 같았다(꿈은 간절히 바라면 이루어진다더니). 그리고 여행은 역시 어떤 공간에 있느냐도 중요하지만 누구와 무엇을 하느냐가 더 중요했다. 누구와 무엇을 하느냐는 분위기로 직결된다. 같은 생활의 그저 그런 반복이라면 분위기를 낼 수는 없다. 그냥 아무 날도 아닌 날에 우리가 무심코 초 하나를 켜놓듯이 말이다. 두 사람의 출연은 지쳐 있던 내게 다시 제주도에 대한 애정을 배가시켰고 서퍼의 삶에도 활력이 생겼다.

그들은 유럽에서 출발해 터키, 인도, 네팔과 호주, 그리고 한국을 거쳐 일본으로 향할 계획을 가지고 있었고 3개월 내로 이탈리아로 돌아가야 할 것 같다며 너무 짧은 시간이 남았다고 아쉬워했다.

"돌아가면 뭘 할 거야?"

"일해야지. 그리고 아이를 가질 계획이야."

"정말? 이제 여행을 끝내고 정착하려는구나?"

"아니. 아이가 세 살이 되면 다시 여행을 떠날 거야. 이번보다 더 길게."

다른 사람들이 그렇게 말했다면 정말로 그렇게 할 거라

믿지 못했을지도 모른다. 하지만 이들의 말에는 그리 어렵게 들리지 않는 정도의 해내겠다는 자신감과 함께 확신이 있었다. 아이가 생기면 여행하지 않을 거란 나의 틀에 갇힌 생각이 모조리 깨지는 순간이었다.

좋아하는 것을 중단하기가 더 어렵다는 사실을 알려주는 것만 같았다. 내게 희망이 생기기도 했다. 어쩌면 우리의 애초의 계획도 지켜질 수 있을 거란, 푸르른 희망 말이다.

내가 원하는 사람은
내 안에 있을 수도 있다

카라반의 작은 공간에 몸을 맞추어 살다보니 정말로 필요한 물건말고는 무엇이든 없으면 없을수록 편했다. 물건이 최소화되어야 내가 움직일 수 있는 공간이 넓어지고 무게가 덜해야 기름값도 절약되고 이동하기도 편했다. 옷가지들도 쌓여 있다 보면 곰팡이가 슬었다. 당장 입고 있는 옷말고 여벌의 옷 하나만 있다면 충분하다고 생각하는 게 자연스러워졌다. 정말 그럴 수 있는 날이 올까? 언제든지, 어디로든 갈 수 있는 간편 간략한 인간이 될 수 있을까? 비행기에 실을 수 있는 슈트 케이스 하나에 나의 모든 짐을 넣어 다닐 수 있는 인간, 혹은 자동차 트렁크에 쓸모 있는 것들만 넣어 이동하는 인간이 된다면 내가 꿈꾸는 인생을 살 수도 있을 텐데.

그래도 위안이 되는 한 가지는, 이런 여정을 통해, 그리고 스쳐지나가는 소금기 묻은 바람을 통해 나도 조금은 변했다는 것이다. 흙냄새 묻고 소금에 절여진 나의 몸뚱이와 까맣게 타버려 예전과는 다른 얼굴을 보는 순간, 나는 내가 그토록 원하는 사람이 되어 있다는 사실을 느꼈다. 부모가 나를 만들었지만 지금은 내가 원해서 다시 태어난 것이다.

몇 해 전만 하더라도 바닷가에서 진짜로 살게 될 거라고 생각해본 적은 없었다. 그저 영화를 보거나 어딘가에서 그런 사진 한 장을 보게 될 때 일렁거리는, 작은 꿈일 뿐이라고 선을 그었을 뿐.

어쩌면 꿈꿔오던 것 중에 하나를 이룬 것이다.
바닷사람이 되는 꿈.

그렇게
여름을 산다

신부는 울지 않는다

스테파니와 피에트로가 돌아가고 건축가와 시공사가 정해지면서부터 공사 또한 순조롭게 진행되었다. 몇몇의 사건들이 있었지만 다른 집에 비하면 별일 아닌 일로 치기로 마음먹었고 자그마한 사기도 당했지만 내려놓을 수 있는 일이라 여겼다.

그리고 드디어 집이 지어졌다. 하지만 집을 짓고 그 안에 살림살이를 채우면서 생각보다 길어진 백수생활에 모아두었던 돈을 쓰고도 대출을 받은 상황이 되었다. 당분간 대출을 갚을 때까지 장기 여행은 미루어졌다. 그는 일을 시작했다. 그리고 (원래는 여행을 가기 위해 하기로 마음먹었던) 결혼식을 올리기로 했다. 집을 짓고 여분의 땅에 나무를 심고 잔디를 깔고 꽃을 심어 정원을 만들었다. 그곳을 꾸며 식을 올리면 되겠다고 친구와 대화 끝에 결정했고 가족들과 몇몇 친구들만을 초대해 작은 결혼식을 올리기로 했다. 결혼식장이 아닌 집에서 식을 올리는 것은 정말 많은 것들을 준비해야 가능한 일이었다. 손님들이 드실 메뉴를 정하는 일부터 사람 수에 맞춰서 숙박을 예약하는 일, 웨딩 순서를 짜는 일, 심지어 의자를 놓는 일까지……. 그런데 생각해보니 우리 둘 다 결혼식에 입을 옷이 없었다. 또다시 주변의 사람들에게 도움을 청하기 시작했다. 함께 일하는 스타일리스트 래훈 오빠에게 연락해 도움을 청했다. 그는 우왕좌왕하는 나와 남편과는 다르게 프로답게 디자이너를 정하고 나의 웨딩드레스 콘셉트와 취향을 물은 후 장소의 분위기와 하객의 분위기를 고려해 나와 남편이 입을 옷을 정했다.

나는 또 플로리스트 일을 하는 친구, 모지에게 전화를 걸어 사정을 설명했고 며칠 만에 콘셉트를 잡아와서 빈 공간을 꽃으로 디자인하기로 했다. 그리고 결혼식 내내 재즈가 흘러나왔으면 좋겠다는 나의 바람으로 피아노를 치는 삼촌에게 연락을 하자 재즈 밴드를 데리고 제주도로 내려와주겠다고 했다. 이렇듯 셀프 결혼식이란 지인들에게 엄청난 신세를 지는 일 같기도 하다. 누구 하나 이런 어설픈 결혼식을 준비하는 신랑 신부에게 현실적인 이야기는 제쳐두고 이상을 실현해주려고 도움을 주기만 하는 것이었다. 그때 처음으로 생각했다.

'아, 이거 장난이 아니구나. 정말 결혼을 하는 거구나. 그러니 이 사람들을 어떤 식으로든 속이면 안 되겠구나. 나, 정말 잘 살아야겠구나. 어쩌면 지금 받은 축복 때문에 둘이 꼼짝없이 살아야 하는 건 아닌가.'

결혼식 날이 되었다. 모지는 아침부터 샴페인 한 잔을 들고 나타났다.

"마실래? 아니면 물 줄까?"

"네 손에 든 그게 필요해."

손님들이 사진 찍는 공간을 만든다고 서핑보드 다섯 대를 벽에 고정하느라 밤을 샌 남편에게 미안해 안 자는 척을 하다가 잠이 들었던 탓인지, 아니면 이런 날은 원래 그런 건지 왠지 아침부터 멜랑콜리한 것이 이상하긴 했었다. 시할머니가 오셔서 손을 잡으며 "고생했다"라고 말씀하시는데 그만 울어버린 것이다. 원래 좀 잘 우는 편이긴 해도 이렇게 쉽게 울어버리면 정말 식 시작도 전에 엄마 얼굴을 보자마자 엉엉 우는 거 아닌가 싶었다. 마음을 다잡으며 스파클링 가득한 샴페인을 받아들고 원샷을 했다.

"에헴. 울지 않을 거야."

결혼식에 오신 부모님들이 행복해하시는 모습을 보며 어쩌면 우리 부모님들이 우리가 사귀기도 전에 미리 만나 작전을 짠 건지도 모른다고 생각했다.

"당신 아들도 그렇소?"

"맞소."

"우리 딸은 결혼은 안 하고 만날 여행 떠날 생각만 하니 내 속이 터져죽겠소." 하고 말이다.

그러고 보니 결혼식은 부모님한테 자라면서 진 마음의 빚을 갚는 의미라는 말이 있던데, 그 말이 맞을 수도 있겠다는 생각이 든다. 그러니 울지 않고 신나게 웃으며 치를 테다.

우리 사랑하지 않는 순간

집시들은 사랑의 맹세를 할 때 이렇게 묻는다고 한다.

"사랑하지 않는 순간, 헤어질 것을 맹세합니까?"

어디선가 지나가는 말처럼 이 문장을 읽었을 때는 지금까지 내가 이것을 기억할 거라고 생각하지 못했다. 그 시절의 나에게는 너무도 당연한 이야기로 들렸으니까. 하지만 막상 결혼을 하고 나서야 불현듯 이 맹세의 문장이 머릿속에서 불을 켰다. 아주 작은 문장의 씨앗이 아무 기척 없다가 마침내 발아를 했다고나 할까.

나는 과연 이 물음에 대한 대답을 실행하며 살 수 있을까? 확신 없는 미래 앞에 용기를 부리는 것이 결혼이라고 생각했는데 이 물음은 그 이상의 용기에 대해 이야기하고 있다는 것을 지금에서야 느끼고 있다. 부모님들의 헌신과 그만큼의 기대, 그리고 가족 이외에도 많은 이들의 무한한 손길, 또한 지켜보는 눈빛 속에서 맹세하고 삶의 터전을 꾸렸는데 고작 '사랑'이라는, 오로지 개인적인 감정으로 그에게 헤어지자 말하고, 많은 사람들에게 '사랑이 식었으니 이만 헤어집니다'라고 공표할 수 있을까. 문득 결혼이 주는 크나큰 무게감이 무엇인지 깨달았다. 어째서 결혼을 하고 나서야 알게 된 것일까. 미리 알았더라면 결혼 같은 거 하지 않고 자유롭게 살고 싶은 대로 살았을 텐데, 하는 생각을 한 적도 있었다.

오랜 여행을 떠나 있어 결혼식에 오지 못한다는 메시지를 보내 온 친구 폴린이 결혼한 지 얼마 되지 않은 내게 전화를 걸었다.

"결혼하니까 어때?"

"어떻긴 뭐가 어때."

"그래도 좀, 뭔가 달라진 거 없어?"

"청소랑 빨래가 밀려 있어도 혼자 살 땐 그냥 넘길 수 있었는데 이젠 그렇게 하면 안 돼."

"오우. 그건 잘된 거야. 너 청소 좀 하고 살아."

"다른 것도 다 마찬가지야. 울고 싶다고 막 울고 그러지도
못해."

"왜?"

"누군가 운다는 건 뭔가 집안에 심각한 일이 생긴 것만 같
잖아. 심각한 일 따윈 없이 나의 집이 즐겁게 유지되었으면
하는 바람이 나한테 생긴 걸까? 이젠 내가 그런 존재가 되어
버린 거지. 혼자가 아니니까. 그래서인지 엄마들이 마음으
로 운다는 말이 이젠 뭔지 알 것 같아."

"철들었네."

"아니야. 철 안 들었는데, 난 똑같은데, 철들은 척 살아야
하는 처지가 되어버린 거라고."

"야, 즐거운 상상을 해봤어. 지금까지 했던 모든 근심과 걱
정을 하지 않았던 나로 돌아가는 생각. 과연 그렇게 되면 춤
을 추고 노래를 부르고 있을까? 그건 첫사랑과 결혼하는 것
만큼이나 끔찍한 인생이지 않니?"

"무슨 말이야? 웬 동문서답이야?"

"그랬니? 호호. 미안. 나 끊어야겠다. 이제 비행기 탑승 시

작이야."

"아니 대체 비행기 탑승 전에 왜 전활 건 거야?"

"탑승하고는 전화를 걸 수가 없잖아. 잘 지내."

탑승하고는 전화를 걸 수가 없다. 탑승을 하면 이제 비행기 안의 세상이 펼쳐지는 것이다. 외부와의 단절, 그리고 기내식과 영화, 와인과 맥주. 미래의 시간으로 가기도 하고 과거의 시간으로 가기도 하지만 나는 할 수 있는 것이 없다. 현실을 받아들이고 비행기 내의 시간을 즐기는 수밖에. 비좁아서 엉덩이가 아플 때도 있고 옆 사람이 코를 골아 잠에 들 수 없을 때도 있지만 그건 그것대로 받아들이는 수밖에 없는 것이다. 전화를 끊고 나서 그녀가 했던 말을 곰곰이 생각하게 되었다. 지금까지 했던 모든 근심과 걱정을 하지 않았던 이전의 나로 돌아간다? 그 철부지 같고 한없이 무지했던 나 자신으로? 게다가 첫사랑과 결혼을 한다? 상상한 지 1분도 채 되지 않아 지금의 현실을 받아들이기로 했다. 그리고 결혼을, 열심히 받아들이기로 했다. 지금의 사랑이 나중의 사랑이 아닐지언정 일어나지도 않은 일들을 고민하기보다는 현재 내가 믿고 있는 것들에 충실해야 또 미래의 내가 어떤 결정을 하든 그건 그것대로 의미가 있는 것 아닐까. 그러니 이젠 대답할 수 있을 것 같다.

"사랑하지 않는 순간, 헤어질 것을 맹세합니다."

치킨말고 백숙

제주 사계리 할머니들과는 왠지 모를 정이 들었다. 남편이 일하는 걸 아는 할머니들은 내가 지나가면 불러 세워 묻는다.

"짝꿍은 한참 일하는데 어딜 나돌아다녀?"

글쎄, 짝꿍이란다. 나참. 할머니들은 대부분 짝꿍이 없으시다. 이미 혼자가 되신 분들이 많았다. 짝꿍은 먼저 위로 올려 보내놓고 아직도 제주도를 오토바이 타며 휩쓸고 다니는 거다. 그러면서 나보고는 어딜 나돌아다니냐고 성화시다. 한참 동안 서울에 다녀왔을 때에도 그랬다.

"짝꿍 놔두고 혼자 어디 먼 델 가멘? 얼마나 있다 온 거?"

"한 달이요."

"한 달은 무신. 두 달도 넘게 없었고멍."

"25일이에요."

"아니, 넉 달은 안 보염시롱."

할머니들과 나의 시간은 다르게 흐른다. 25일이 넉 달일
수도 있겠다. 요즘 들어 부쩍, 돌아가신 할머니가 보고 싶어
하늘을 본다. 어릴 적 나는 백숙말고 프라이드치킨을 달라
고 짜증을 부리곤 했다. 지금의 내가 할머니랑 같이 살았다
면 얼마나 좋았을까. 이제는 치킨하고는 비교도 안 되게 백
숙을 좋아하는데. 할머니랑 같이 밭일도 하고 된장도 담그
고 같이 막걸리도 한잔하고 낮잠도 잘 텐데. 이제는 할머니
가 버럭 화를 내더라도 실실 웃어드릴 수 있는데.

일단 떠나고 보자

결혼에 환상이 있었던 것은 아니지만 신혼여행에 대한 로망은 뚜렷했었다. 여자 혼자 배낭을 메고 다니기엔 위험하다는 쿠바나 터키, 아프리카 같은 곳을 한두 달쯤, 낡은 오토바이 뒷자리에 타고 앉아 지나가는 풍경에 눈길을 주며 여행하는 것. 그리고 형형색색의 건물들 사이를 맘껏 활보하면서 뜨거운 햇빛을 온몸으로 받아내면서 즐기는 것. 여러 나라의 맥주나 와인을 실컷 마시면서 나를 지켜주는 사람과 혼자 아닌 마음을 교환하는 것, 둘이라는 믿음을 앞세워 이성 따위는 버려두고서 마치 고등학교를 막 졸업한 이들처럼, 밤에는 동네의 뮤직바를 전전하며 춤을 추고 아침이면 느지막이 일어나 커피 볶는 집을 찾아다니는 것, 결혼이란 굴레를 생각하기보다는 아직 생생히 남아 있는 몸과 정신의 자유를 마음껏 흡수하고 또 발산하는 것. 꽤 괜찮은, 어쩌면 더이상은 해보지 못할 인생의 한 번뿐인 여행, 그것이 신혼여행일 거라고 상상했다.

우리가 처음 선택한 여행지는 네팔이었다. 하지만 셀프웨딩을 준비하면서 신혼여행 계획을 짜는 동안 간과한 것이 너무도 많다는 걸 알았다. 병원에서 일을 시작한 남편과 여행 기간에 대해 몇 번이고 고민했지만 주말을 껴더라도 일주일 이상 문을 닫는 것은 시골 동네의 병원에서는 있을 수 없는 일이었다. 심지어 내가 상상했던 신혼여행을 가기에 일주일은 너무도 짧은 기간이었다. '결혼은 현실'이라는 말을 신혼여행을 결정하는 일부터 몸으로 느낄 수 있었다. 팔월이를 친구 집에 맡기고 주말을 낀 일주일 동안 남편이 직장을 쉬어도 우리가 만들 수 있는 날은 고작 8일에 불과했고 무엇 하나 제대로 준비하지 못한 채 네팔의 겨울 산맥을 헤매다가는 영영 못 돌아올 수도 있겠다싶었다. 어쩔 수 없이 결혼식 일주일 전 결정한 신혼여행지는 프랑스. 그곳에서 와인을 즐기고 서핑을 하는 여행으로 급히 수정되었다.

　지선이 덕에 문턱이 닳도록 가본 프랑스로 정해지자 스스
로 의아하기까지 했다. 내가 그토록 원했던 여행지가 아닌
정반대의 나라로 정할 수밖에 없는 나의 상황이 한심해 보
일 정도로 마음이 차분해지지가 않아 홀로 속삭였다.
　"일단 파리로 들어가자. 지선이가 그 기간에 여행중이니
지선이 집에서 하루이틀 쉬면서 파리를 걸으며 여유롭게 즐
기다가 기차를 타고 보르도로 가는 거야. 거기서 느긋하게
마음껏 와인을 마시다가 자동차를 빌려서 바다를 보며 드라
이브를 하자. 그리고 비아리츠의 바닷가에서 마음껏 서핑을
하고 파리로 돌아오는 거지."

　그래, 아쉽지만 그나마 로맨틱하게 만들어보자 타협하는
동안, 순식간에 결혼식 날이 되었고, 이 또한 끝나고 손님을
배웅하고 백 명이 넘는 사람이 다녀간 집의 거실과 화장실
을 청소하니 실신할 정도로 피곤이 밀려와 쓰러져 잠이 들
었다. (그렇게 전쟁 같았던 날이 결혼 첫날밤이었다니! 이 글을 쓰

는 지금에서야 새삼 깨닫는 중이다.)

다음날 이른 아침, 당장 비행기를 타러 가야 하는데 짐을 쌀 시간 따위도 없었다. 미리 준비해둔 옷가지만 얼른 가방에 담고 팔월이를 태워 맡아줄 집에 내려주고 제주공항으로, 김포공항에 도착해 재빨리 공항리무진을 타고 다시 인천공항에 도착해 수속을 마치니 배 안은 밥을 달라고 요동을 치고 있었다. 신혼이라기엔 우리는 이미 함께 전국 여행을 마친 것은 물론, 10년 지기 부부도 헤어질 수 있다는 집짓기까지 잘 마친 사이여서인지 이런 순간만큼은 잘 맞고 또 잘 겪었다. 서로의 식욕을 여지없이 드러냄에 있어서는 중견 부부 못지않았을 것이다. 드디어 모든 미션을 수행하고 출국장 식당에 앉아 일단 생맥주를 주문했고 식사로 뭘 주문할까 고민하는 동안에 맥주를 단숨에 비웠다. 우리는 허겁지겁 돈가스를 먹기 시작했다. 결혼 후 처음 먹은 음식이었다. 후로 맥주를 두어 잔은 더 마셨을 것이다. 그리고 무사히 비행기에 앉아 몇 잔의 음료를 더 마시고는 고요히 잠에 빠져들었다. 몇 번쯤 화장실을 오가면서 서로의 자는 얼굴만 보다가 어느덧 파리에 도착했다.

지선이의 지침에 따라 집 열쇠를 찾기 위해 몇 집의 신발 매트들을 뒤집었다 놨다를 반복한 끝에 의외의 곳에서 보일러실 열쇠 같은 걸 찾아 들었다. 몇백 년 전에 지어졌는지 모를 삐걱거리는 좁은 복도를 지나 문을 따고 짐 가방 두 개를 방으로 옮기고 나니 저녁 10시가 넘었다.

　결혼 후 세번째 밤을 맞고 있었지만 엘리베이터 없는 5층 다락방에 몸과 슈트 케이스를 들여놓고 보니 아무것도 할 수 없을 만큼 힘이 들었다. 다시 또 배가 고플 뿐이었다.

　가까운 생제르맹데프레 거리로 나가 저녁에도 연 밥집을 찾아 한 시간을 넘게 헤매다가 결국 새벽까지 연다는 파스타 집에서 한끼를 먹고 돌아오니 자정이었다. 돈가스에 이은 결혼 후 두번째 끼니였다. 집으로 돌아와 다시 곯아떨어졌다가 일어났다. 계획했던 대로 튀일리 정원을 걷고 몽마르트르를 걸으며 드디어 맛있어 보이는 식당에 들어가 제대로 된 밥과 와인을 시켰다. 따뜻하고 맛있는 식사가 나오고 난 후에야 굉장히 많은 일이 지나갔다는 것을 실감했다. '아, 무언가가 지나가긴 했구나'싶은 정도였지만 그래도 뭔가가 벌어지고 있다는 느낌만큼은 선명하게 다가왔다.

파리에 처음 와본 그에게 물었다.

"파리에 오니까 어때?"

"지저분해."

"뭐라고? 그게 다야?"

"사람들이 여기저기서 담배도 참 많이 피운다."

"나랑 지선이의 추억이 가장 많은 곳인데 당신은 그게 다구나."

"당신한테 이야기를 많이 들어서 기대 많이 하고 왔는데 내 기대와는 다른 곳이네."

여행과 현실엔 언제나 간극이 존재한다.

다음날 새벽, 우리는 보르도로 향하는 첫 기차를 타러 기차역으로 나갔다. 해는 뜨지 않아 어둑했고 택시도 잡히질 않아 몇백 미터나 캐리어를 끌며 걸었고 기차를 놓칠 수도 있다는 생각이 들 무렵 겨우 택시를 잡아타고 북역에 도착했다. 보르도행 기차표를 사고 시간이 얼마 남지 않아 역 앞의 작은 커피집에서 샌드위치와 커피로 후다닥 요기를 했다. 기차 칸에 앉아 창밖을 바라보며 앞으로 만날 보르도의 와인에 대해 로맨틱하게 이야기하고 싶었지만, 남편은 앉자마자 잠이 들었다. 그리고 곧이어 나도 잠이 들었다.

"아, 배고파."
그가 하는 말에 금세 눈이 떠졌다.
"나도."
"카페테리아로 가보자."

그곳엔 눈이 번뜩거릴 만한 먹을거리라곤 보이지 않았다. 단지 와인이 쌌고 가운데 치즈가 끼워진 바게트 정도만 먹을 만해 보일 뿐이었다.

어제와 내일의 간극

　보르도역 뒤편에 있는 렌터카 회사에서 자동차를 빌리는데 오토매틱이 없으니 수동식으로 빌려가라고 했다.

　"수동을 운전해본 적은 있어?"

　"응, 있지. 면허시험 볼 때."

　그는 겨우 면허시험 볼 때 겪어본 수동을 신혼여행에서 운전하려고 했다. 10년 만에 하는 수동식 운전은 쉬울 리 없었다. 몇 번이고 원형 교차로에서 급하게 자동차가 멈춰 서서 인내심이 부족한 몇몇 운전자들의 신경질적인 경적 소리를 들어야만 했는데 그때마다 깜빡이를 켜며 창문을 열고 뒤차에 미안하다는 인사를 하느라 고개를 숙였다. 심지어 창문조차 수동식이라 패달 같은 것을 서너 번은 돌리며 창문을 열어야 해서 사과조차 제대로 하기 힘들었다.

　그는 내가 여행 준비를 하며 무언가를 결정하려고 하면 늘 시간을 달라고 했다.
　'알아볼게. 알아본다니까.'
　'생각해볼게. 생각해본다니까.'
　우리의 여행은 언제나 그랬다. 아, 설마. 그 말을 평생 듣고 살아야 하는 걸까. 대체 우리는 왜 이곳에 왔고 어떤 여행을 하려고 했던 걸까? 나는 예약을 제대로 하지 않은 그에게 갈수록 화가 났다.

　무사히 숙소에 도착했고, 그래서 그에게 말했다.
　"도대체 신혼여행 준비하면서 뭘 알아보긴 했어? 우리는 왜 맨날 이런 식인 거야?"
　"뭐가?"
　"왜 맨날 이렇게 쫓기고, 왜 그러냐고?"
　"무슨 말이야?"
　"아, 몰라."

"배고프구나?"

순간 뜨끔했다. 이제는 나를 잘 아는 이 사람.

"밥이나 먹으러 가자."

누가 밥 먹자는 말을 먼저 꺼냈는지 기억은 안 나지만 우리는 일단, 밥을 먹으러 나갔다. 보르도 시내의 '셰 불랑'이라는 레스토랑에서 먹었는데 너무 맛있어서 둘이 거의 네 명분의 식사를 하며 와인 한 병을 비웠고, 고로 모든 화가 사라져 없어졌다. 그리고 더이상 좋을 수 없는 보르도의 날씨를 만끽하며 자전거를 타고 돌다가 생각했다.

신혼여행은 한 번뿐이고 우리는 지금 여기 보르도에 와 있으며 날씨는 환상적이고 봄날의 꽃은 만발했다. 사람들이 어째서 봄가을에 결혼식을 많이 올리는지 그 이유를 설명해주는 것 같았다. 천둥 번개와 비가 주야장천 쏟아져내리거나 너무 추워서 집 안에서만 있어야 했다면 정말 대판 싸웠을지도 모르는 일이다. 그래서 그 모든 것이 고맙다고 속으로 생각했다.

그날 밤은 늦게까지 하는 피자집에서 아무런 죄의식 없이 피자를 먹고 싶을 만큼 먹고, 와인 또한 마시고 싶은 만큼 마시고 들어와 잠이 들었다.

다음날 아침, 호텔 리셉션의 직원이 필요한 게 있냐고 물었다. 우리가 머문 호텔은 오래된 집을 개조해 만든 '라 코스'라는 곳이었는데, 작은 호텔이었던 만큼 손님들의 이름을 모두 기억하고 있던 그녀는 친절하게 웃으며 지도를 펼쳐 보여주면서 가볼 만한 곳을 표시해주었다.

"보르도는 처음이신가 보네요?"

"처음이에요. 와이너리에 가고 싶어서요."

"그렇군요. 어느 와이너리에 예약하셨어요?"

그녀는 아무런 예약 없이 보르도까지 와 있는 우리를 애처로운 눈빛으로 바라보았다. 셀프 결혼이 얼마나 어렵고 아무런 준비 없이 신혼여행에 온 지금 이 순간이 얼마나 속상한지 그녀에게 설명하고 싶은 심정이었으나 그녀는 썩썩하게 바로 전화기를 들었다. 두꺼운 전화번호부를 펼쳐 샤토 오 브리옹과 같은 유명한 와이너리부터 차례차례 전화를 걸어 예약을 취소한 고객이 있는지를 물었다. 한 시간 넘게 전화를 돌리던 참에 드디어 빈자리가 있는 와이너리를 찾아 겨우 예약에 성공할 수 있었다. 나도 모르게 꾸벅꾸벅 감사 인사가 나왔다.

우리 부부의 부실한 준비를 메워주기라도 하려는 듯 와이너리의 직원은 모든 걸 준비해두었다. 도착하자마자 일단 와인과 치즈를 권하면서 어떤 날씨에 어떻게 자라온 품종의 포도인지를 설명했다. 그리고 와인을 탄생시킨 포도나무를 만나러 갔다. 그곳의 포도나무에는 탱글거리는 포도가 수도 없이 달려 있었다. 보랏빛 보석이 반짝이는 것만 같았다.

"포도나무 사이사이로 보이는 장미나무는 일부러 심어놓은 거예요?"

"장미나무의 향 때문에 해충들이 포도나무보다 장미한테로 먼저 가요. 그래서 포도나무를 보호할 수 있죠. 해충들 때문에 장미나무가 죽거나 병들면 다시 새로운 장미나무를 심어요. 그러면 포도가 잘 열릴 수 있을 뿐만 아니라 수확할 때까지 안전해지는 거죠."

장미는 피어나자마자 무슨 권력을 가진 것마냥 예쁨만을 받는 줄로만 알았는데 이렇게 포도나무의 옆에서 해충을 유인하는 역할을 하다가 시들어가다니 어쩐지 장미의 배역이 슬퍼 보였다. 보드랍고 여린 장미꽃의 촉감이 내게로 한없이 파고들었다. 이번에는 오크통 보관실로 향했다. 그곳엔 평생을 마셔도 다 못 마실 만큼의 와인이 저장되어 있었는데 나는 또 금세 그 광경을 바라보며 행복감을 느꼈다. 인간의 욕망이란 이런 거였구만.

남편이 된 그는 나와는 다른 행복을 느끼고 있었다. 그는 매번 어딘가로 잘 도착했다는, 자신이 수동식 자동차 운전을 성공했다는 사실 그 자체에 취해 있었다. 나는 앞으로 이 사람과 어떻게 살아야 할지 조금은 걱정스런 마음에 와이너리에서 주는 와인을 단 한 잔도 마다않고 마시고는 호텔로 돌아와 잠이 들었다. 여행 며칠째인지 기억이 나지 않았다.

다음날 우리 두 사람은 보르도에서 비아리츠로 향했다. 그는 다시 한 번 자신이 무사히 운전해 도착했다는 사실에 취해 심하게 행복해했다. 나는 이제부터는 서핑을 할 수 있을 줄 알았지만 도착하자마자 비가 내리면서 매서운 바람까지 불었다. 벌벌 떨면서 호텔방에 들어가 이불을 뒤집어쓰고 창밖을 내다보며 생각했다.

'날씨가 안 좋다고 해서 이러고 있을 순 없어. 시간이 아깝잖아. 쉴 순 없어. 서핑을 해야 해.'

결국 두꺼운 슈트를 빌려 입고 회색 빛깔의 하늘 아래 고대하던 바다로 들어갔지만 수온이 너무 차가워 마음껏 서핑을 할 수 없었다. 어쩔 수 없이 다음날을 기약하며 다시 방으로 들어와 샤워를 했다. 따뜻한 동양 음식을 먹을 요량으로 찾아간 인도 레스토랑의 카레는 형편없었다.

다음날에도 비가 왔고 호텔 밖으로 나가기가 무서울 정도로 온몸이 쑤셨지만 여기까지 와서 누워 있을 수 없다며 또다시 몸을 일으켰다. 그리고 내게 남은 모든 체력을 소모하며 비아리츠의 거리를 걸었다. 피카소가 비아리츠를 배경으로 그렸다는 그림 〈해수욕하는 여인들▽〉 속에는 자연적인

▽ Les Baigneuses, 1918

프랑스 시골의 미인들이 해변에 누워 강아지처럼 게슴츠레한 눈빛을 하고는 자유롭게 바다를 즐기고 있었다. 나 또한 남편과 함께 그렇게 하겠다고 상상했었다. 하지만 그건 이곳으로 오기 전의 일이다. 그렇게 나의 신혼여행은 끝났다. 단 한 뼘의 환상도 없이, 더이상 의외의 일들은 일어나지 않았다.

여행과 현실의 간극은 언제쯤 채워질 수 있을까? 그저 여행자 지망생인 나의 로망이었던 신혼여행이 마무리되고 집으로 돌아와 결혼생활을 하며 깨달은 것이 하나 있다면 여행과 현실의 간극만큼이나 연애와 결혼의 간극 또한 상상을 초월할 만큼 크다는 것이다. 그 둘은 닮지도 않았으며 나란히 한 곳에 갖다놓을 수도 없는 개별적인 것에 불과할 뿐이다. 그리고 어쩌면 인생은 이렇게 반복될지도 모른다.

세계여행을 계획했다가 그저 집을 찾기 위해 전국 일주를 감행한다거나, 신혼여행을 가서 서핑을 하다 지독한 감기에 걸린다거나…… 남편은 자신만의 만족 혹은 내가 모르는 그 어떤 것들에 빠지고 나는 나대로의 감정에 혹은 어디서 찾아왔는지 모를 분노에 빠져 서로의 시간을 한 공간에서 따로 쓰게 되는지도 모른다.

그러나 우리는 결혼했으며, 꿈처럼 부풀어 있는 이상적인 여행은 점점 뒤로 미뤄질 것이고, 또 어떤 날은 서로를 째려 보고 어떤 날은 풀어져서 함께 자동차를 타고 나가 차가운 바다에 들어가겠지. 어떤 날은 큰 파도에 몸을 두들겨맞아 힘들어할 것이고 어떤 날은 파도가 없다며 투정을 할 것이다. 다만 반복되는 일상이라도 고요한 시골의 풍경은 매일 다른 구름과 매일 다른 바람으로 지나갈 것이며 나는 무르 익어가는 어떤 것을 보기 위해 문득 고개를 들 것이다. 자유의 냄새란 게 이런 것일까 쿵쿵대면서 내 주변을 두리번거 릴지도 모른다. 정원 일을 마치고 하루를 마무리하는 서핑을 끝내고 돌아오는 길에, 예전의 나와는 다른, 나의 자유로 운 모습을 바라보게 되는 어느 날, 내가 그토록 원하는 사람이 되었다는 걸 깨달을 것이다. 내가 되려고 했던 무수한 무 엇보다도 자연스러운 나의 모습.

그래서 나는 다시 시작하려 한다. 큰 방향이 없는 시작을.
나에게 작은 울림을 주는 이 시간들을 아끼기로 한다.

파도를 기다리는 시간

장마가 시작되었다. 그리고 곰팡이가 슬었다.

여름을 아무리 좋아한다 해도 장마와 곰팡이, 꿉꿉함을 반기기란 쉽지 않다. 매일 이어지는 비에 집 안의 파리와 모기는 점점 개체수를 늘려가며 공격해오고 더위와 습기에 지쳐 힘을 내기가 쉽지 않다. 여름이면 보양식을 찾아 산속으로, 시골 어딘가로 다니는 사람들을 이해할 수 있을 것 같기도 하다. 게다가 제주도의 습함은 국내 최고 아니던가. 습한 기운에서 벗어나보고자 정리정돈을 시작했다.

곰팡이가 슨 것들은 버리고, 숯을 한데 모아 옷장에 넣는다. 그리고 안 입는 옷들은 플리마켓으로 가지고 가거나 팔리지 않을 것 같은 옷들은 헌옷 수거함에 넣는다. 갖가지 것들을 분리수거해 집하장으로 데려가고, 버릴 옷가지 하나를 걸레로 사용해 정제수와 식초, 티트리 오일을 섞어 만든 세제를 뿌려가며 구석구석 먼지를 닦고 또 닦는다.

마지막으로 냉장고 청소를 시작한다. 어쩌면 이 일은 화장실 청소보다도 고되지만 집안일 가운데 가장 중요한 일인지도 모른다. 냉장고를 열어보면 이전에 맛있어 보여서 사다놓았던 재료들은 온데간데없고 곰팡이가 덕지덕지 피어난 채로 서랍에 숨어 있을 때가 있다. 꺼내고보면 문드러지고 고약한 냄새를 풍길 뿐이다. 생각해보면 이렇게 오래된 음식 같은 인연도 있었다. 아름다운 사람이라고 기억되는 추억 이면에는 그 사람을 만나지 않고 있던 이유가 숨어 있기 마련인데 잊고 있다가 다시금 고약한 냄새를 맡게 되는 것이다. 청소를 하다보면 요상하게도 마음 안에 얽히고설켜 정리되지 않았던 감정들까지 말끔해진다.

청소를 끝내고 나는 또 어느새 과자를 한 봉지 집어들고는 소파에 누워 부스럭거린다. 제주도로 온 지도 벌써 4년.

언제든 바닷가로 나가 서핑을 하고 정원이 있는 집에서 정원을 가꾸며 살게 되었다. 그리고 남편과 팔월이, 새 식구가된 팔월이 동생 뭉치까지 보살펴야 하는 사람이 되었다. 그래도 나는 소파에 누워 한참 동안이나 비행기 표를 사기 위해 여전히 우물쭈물하고 있는 중이다. 항공권 사이트들을 뒤적거리며 이 나라 저 나라 기웃기웃 검색만 하다가 어디로가야 할지 몰라 그저 여행 책을 사보기도 하고, 몇 시간 동안웹 서핑을 하며 그저 현실을 탈피하려 할 때도 종종 있다.

그런데 나는 왜 늘 어디론가 떠나려 하는 것일까?
어떤 건축가는 집은 삶의 보석 상자라 했고, 어떤 건축가는 모든 해답이 자연 속에 있다고 했다. 자연 속에다 안락한집을 만들었는데 나는 어딘가로 떠나는 꿈을 버리지 못하고있는 것이다. 어쩌면 하나의 꿈을 이루었으니 다른 꿈을 꾸고 싶은 걸까. 아니라면 지금 사는 곳말고 다른 어떤 더 아름다운 곳에서 살고 싶은지도 모른다. 그것도 아니라면 다른친구를 만나고 싶다거나 아직 보지 못했던 것을 향해 가려는 열망일까. 그것도 아니라면 그저, 곰팡이와 장마로부터

도망치고 싶은 걸까.

이전엔 이런 고민이 생기면 무작정 떠나 의미 없는 여행을 하고 돌아오기도 했고 의미를 찾지 못해 허무한 시간을 보내며 체념하기도 했다. 그럴 때면 젊은 날의 최고의 사치는 이런 시간을 보내는 것이 아니겠느냐며 스스로를 달래기도 하고 그 순간들을 즐기려 애쓰기도 했다. 그러면서 시간이란 내게로 왔을 땐 무심해지고 내게서 떠나면 갈급해진다는 것을 매번 깨닫는다. 나는 언제쯤 내가 원하는 것을 정확하게 꿰뚫어보는 혜안을 가지게 될까. 언제쯤 나 자신의 공부를 끝내고 새로운 공부를 시작해 전념할 수 있을까.

물음표가 많은 인생이다. 여전히.

제주도의 장마는 언제나 파도를 몰고 온다. 중문색달해변으로 나가 바다 너머의 태평양을 바라보았다. 수평선 너머로는 아무것도 보이지 않았다. 그러다 바람이 불면서 바닷물이 튀며 만든 잠깐의 무지개를 어안이 벙벙하게 바라보았다. 그리고 사라지는 무지개를 두고 아쉬워하면서 어슴푸레

잊었다고 생각했던 순간들을 떠올렸다. 심장이 말랑거렸다. 숨겨둔 보물 같은 순간들. 홀로 간직해야만 더 아름다운 것들. 말해버리면 날아갈까 두려울 정도로 가슴 뛰었던 순간들. 바다 무지개처럼 곧 사라져버려 혹시나 헛것을 본 것은 아니었는지, 계속 도돌이표처럼 궁금증을 던지게 되는 인생의 시간들. 그 시간들은 분명히 이전에 존재했었지만 스스로에게조차 증명할 수 없는 시간이 대부분이다. 어쩌면 나의 바람과 염원으로 만들어진 환상일지도 모른다.

하지만 사실, 그래도 좋다. 그런 환상도 없이 어찌 시간의 여백들을 채울까. 바다로 나가 넓은 세계로 흘러가는 바다를 바라보며 나는 자꾸 환상을 만든다. 그래서 그토록 그 시간이 좋은지도 모르겠다.

수평선 너머를 한없이 바라보는, 다음 파도를 기다리는 시간 말이다.

너에게 여름을 보낸다

1판 1쇄 발행 2019년 7월 17일
1판 3쇄 발행 2021년 4월 28일

지은이   윤진서

책임편집   박선주
편집   이희숙
모니터링   양이석
디자인   김선미
제작   강신은 김동욱 임현식
마케팅   백윤진 채진아 유희수
홍보   김희숙 김상만 함유지 김현지 이소정 이미희 박지원

펴낸이   이병률
펴낸곳   달 출판사
출판등록   2009년 5월 26일 제406-2009-000034호

주소   10881 경기도 파주시 회동길 455-3
✉   dal@munhak.com
🅨 f 🅞   dalpublishers

전화번호   031-8071-8683(편집) 031-8071-8671(마케팅)
팩스   031-8071-8672

ISBN   979-11-5816-097-5 03810